Rin Ichinotani
一ノ谷鈴
[Illust.]
水野かがり
Seamstress Bride
針子の花嫁
～刺繍をしていたら、王子様が離してくれなくなりました～

「はい。よく似合っていますよ」
コーニー・オーンブル
ドレス制作に力を注ぐ伯爵家の青年。デザイン画も書き起こし、妹のロージーのドレスを作る。最高のドレスを作るため、刺繍が得意な仲間を探している。

「ええっと、こんな感じ……でしょうか」
レベッカ・イーリス
ホロウ公爵夫妻に説き伏せられ嫁いできたイーリス男爵家令嬢。手芸が得意で、特に刺繍の腕前は職人顔負けのレベル。

「コーネリアス・ラ・ルーミエル。それが私の本当の名前です」
コーネリアス・ラ・ルーミエル
ヘリオレーネ王国の王太子。離縁されたレベッカを受け入れ、ドレス制作の仲間としても一人の女性としても、隣で優しく見守り続ける。

針子の花嫁

Seamstress Bride

～刺繍をしていたら、王子様が離してくれなくなりました～

Rin Ichinotani

一ノ谷鈴

[Illust.]

水野かがり

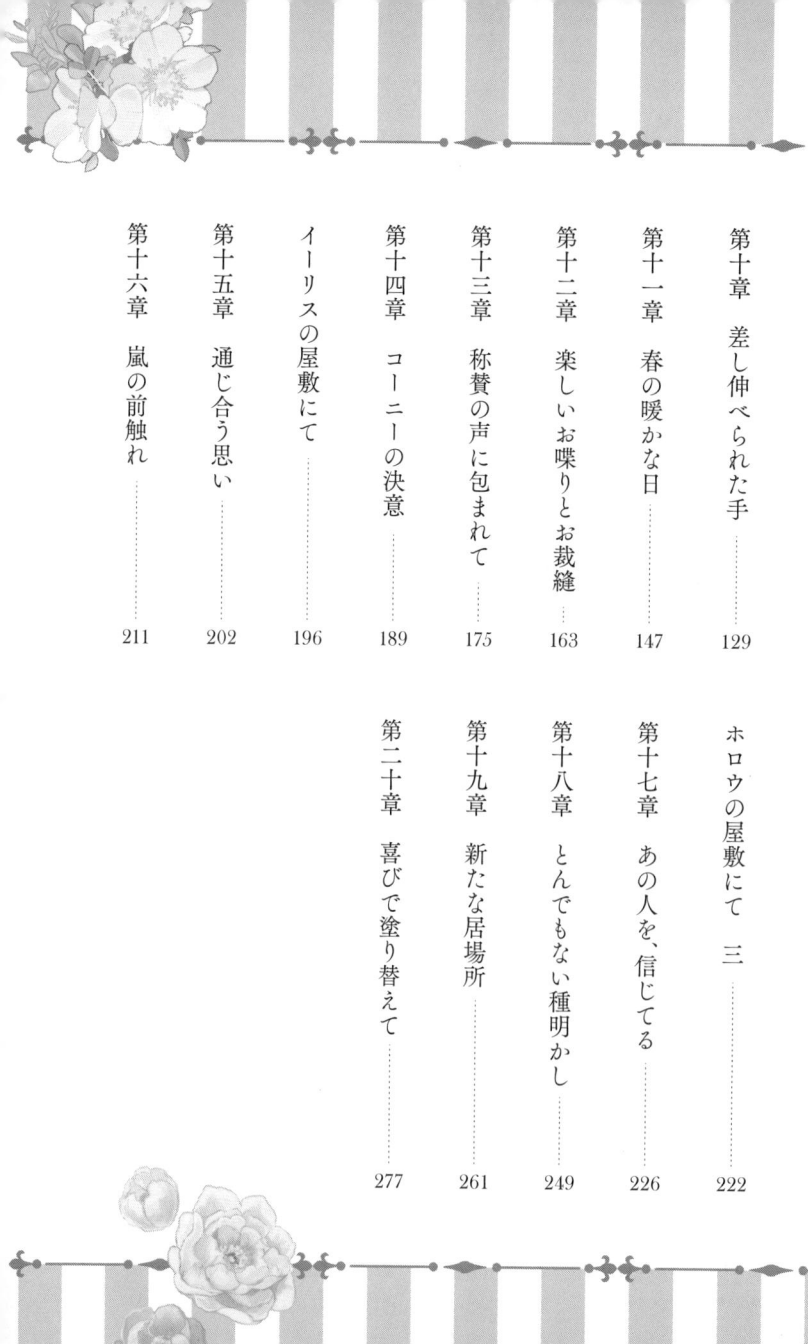

第一章　花嫁は一人きり

今日は、私とアレク様の婚礼の日。

お母様と一緒に作った花嫁衣裳をまとい、お父様に手を引かれて礼拝堂に足を踏み入れる。慎ましく顔を伏せ、静まり返った礼拝堂の中をゆっくりと歩く。期待に胸を高鳴らせて。

けれどすぐに、おかしなことに気がついた。礼拝堂の一番奥で私を待っているはずのアレク様の姿が見当たらないのだ。それどころか、アレク様のご両親であるホロウ公爵夫妻の姿もない。

呆然と立ち尽くす私の耳に、かすかなささやき声が次々と飛び込んでくる。

「アレク様、どうされたんだろう？　それに、公爵夫妻の姿も見えないけれど」

「婚礼をすっぽかしたんじゃないか？　アレク様なら、それくらいのことをしてもおかしくないし。公爵夫妻は、たぶん必死になって彼を探しているんだと思う」

「あの花嫁、アレク様の噂を知らなかったみたいね。普通、公爵家と男爵家に接点なんてないし、それも仕方ないのかもしれないけれど。公爵夫妻から、何も聞いていないのかしら」

「この縁組は、公爵夫妻たっての願いだって話だし、アレク様の普段の行いを明かせなかったんじゃないか？　まるで、花嫁をだまして連れてきたようなものだけれど。ひどいね」

そんな声に、はっと我に返り辺りを見渡す。参列者はみんな、憐れむような目で私を見ていた。たくさんの視線におののきながら、震える自分の体を抱きしめてうずくまる。これまでのことが次々と脳裏によみがえるのを、ただ感じていた。

どうか、うちの息子の妻になってくれないか。ある日イーリスの屋敷を訪ねてきた公爵夫妻は、とても真剣な顔でそう言った。

私たちのイーリス家は、貴族の中でも最下位の男爵家だ。一応貴族同士ではあるものの、最上位に君臨するホロウ公爵家とは、そもそも住む世界が違う。だから私は、もちろん断った。

けれど二人は、少しも引き下がろうとしなかった。息子の妻にふさわしい女性をずっと探していて、ようやく見つけたのが私なのだと、そう主張して。やがて二人の熱意にほだされて、私は戸惑いつつもアレク様と会うことにしたのだ。

彼はすらりと背が高く、整った面差しの青年だった。灰色の髪をやや無造作に乱し、豪華な略装をわずかに着崩している。しかしそんな身なりが、不思議とよく似合っていた。

彼はろくに私と言葉を交わそうともせず、気だるげな表情をしたまま、深い青色の目で明後日のほうを眺めていた。不器用で無口な方なのかなと、そう思った。

彼に対して、恋慕の情はない。でも苦楽を共にしていくうちに、愛情もわいてくるだろう。そう考えて、私は彼の妻となることを決めた。

……それなのに……どうして、こんなことに……。

第二章　彼の妻として

アレク様に、婚礼をすっぽかされた。私はその現実を見つめたくなくて、ホロウの自室でぼんやりと座っていた。彼に見てもらえなかった花嫁衣裳を、クローゼットに押し込んで。

「失礼いたします、レベッカ様……」

するとお昼を少し過ぎた頃、メイドたちがやってきた。みな、心配そうな顔だ。

「軽食の準備ができておりますが、どうなさいますか？」

「あ、いえ……お腹が空いていないの。もったいないから、取っておいてくれる？　明日の朝にでも食べるわ」

落胆混じりにそう返事をしたら、メイドたちがほんの少し気まずそうな顔になる。その表情に、しまった、と内心どきりとした。

私が生まれ育ったイーリスの家では、前日の残り物が次の日に出てくるのはごく当たり前のことだ。婚礼などは精いっぱい華やかに祝うけれど、普段の生活は質素そのものだ。

けれど上位の家では、そんなことはしないのだと聞いている。主たちの残り物は、そのまま使用人たちに下げ渡される。

アレク様と婚約してから、上位の家で必要となるあれこれについてたくさん勉強した。でも気を抜くと、こうしていつもの癖が出てしまう。こんなことでは、公爵家の嫁として失格だ。

動揺を隠しつつ、メイドたちを下がらせた。そうして一人になって、ぐっと唇を噛みしめる。

婚礼がうまくいかなかったのも、私のせいなのかな。公爵家には不釣り合いな娘だから、アレク様に愛想をつかされた、とか……。

一人で考えていると、どんどん後ろ向きになってしまう。

ちょっと泣きそうになったその時、また扉が叩かれた。そうして、別のメイドが入ってくる。

彼女が手にした赤いクッションには、紙切れが一枚載っていた。

「……アレク様より、後ほどレベッカ様へお渡しするようにと預かっておりました」

紙切れを手にして開き、目を丸くする。走り書きのような字でそこにつづられていたのは、思いもかけない内容だったのだ。

『レベッカ、僕は婚礼には出ない。それと、今夜は屋敷に戻らないから』

手紙を持っている手が、かすかに震える。彼は、自分の意思で婚礼から逃げた。けれどその理由は、どこにも書かれていない。

混乱しながら、何度も何度も紙切れを読み返す。と、今度は扉が前置きもなくばんと開いた。そうして、ホロウ公爵夫妻が姿を現す。

「すまない、ようやくアレクを見つけた……」

二人の姿を見て、あっと驚きの声を上げてしまう。二人とも、すっかり疲れ果ててやつれてしまっていたのだ。朝、婚礼の前に顔を合わせた時とは、まるで違っている。

「あいつは婚礼をすっぽかして、よその女のところに転がり込んでいたのだ。連れ戻そうとしたが、逃げられた」

苦虫を噛み潰したような顔で、公爵がそう言った。その言葉に、ふと思い出す。あの礼拝堂で参列者たちがささやき合っていた、アレク様の普段の行い。それって、もしかして……。

「あの、よその女って……」

おそるおそる、しかし真剣に問いかけると、公爵はためらいつつ、そろそろと答えた。

「……あいつは昔から、度を越した女好きでな……それも人妻や平民など、問題のある相手ばかりに手を出して……」

「あの子の女遊びがすっかり噂になったせいで、中々縁談がまとまらなかったの……私たちは八方手を尽くして、あなたにたどり着いた」

「君ほどの女性であれば、あいつも素直に結婚するだろう。そう確信していたのだが、まさか、こんな……」

公爵の顔が、みるみる赤くなっていく。一方で公爵夫人は目を赤くして、ハンカチで目元を押さえていた。

「だますような真似をしてごめんなさい、レベッカ。あなたが望むのなら、今すぐこの結婚をなかったことにしても……」

そんな二人を見ながら、無言で考える。女癖の悪い夫というのも、それなりにはいるのだと聞いている。自分の夫がそんな人間だというのは、ちょっと……かなり悲しくはあるけれど、でも、まだあきらめるには早いと思う。

これからアレク様と信頼関係を築いていけば、私たちだってちゃんとした夫婦になれるかもしれない。少なくとも彼は、私と結婚すること自体は受け入れてくれたのだから。

「……私はもう、アレク様の妻です。今はまだすれ違っていますが、少しずつ理解を深めていきたいと、そう思っています」

穏やかに微笑んでそう告げると、公爵夫妻は手を取り合って泣き崩れ始めた。

「こんな目にあったのに、健気なのね……辛いでしょうに、そう言ってくれるなんて……」

「そうだな。君はもう、私たちの娘なのだ。君とあいつが一人前の夫婦となれるよう、私たちも手を尽くそう」

二人のそんな言葉がとても嬉しくて、つられて泣きそうになる。一生懸命に笑顔を作って、もう一度頭を下げた。

「はい、お義父様、お義母様。どうぞ、これからよろしくお願いいたします」


その日の夜、私は寝室でぼんやりしていた。アレク様と二人で過ごすはずだった、大きな寝台の置かれた部屋で。すぐ隣には、アレク様の私室もある。

今日は疲れたでしょうし、自分の部屋でゆっくり休んではどうかしら。そんなお義母様の提案を断り、こちらの寝室に居座っていたのだ。

アレク様は、今夜は戻らないと手紙に書いていた。それでも私は、何もせずにはいられなかったのだ。少しでも早く彼と会って、話したい。だから、ここで待つことにした。ここにいれば、帰ってきた彼にすぐに気づける。

広い寝台に横たわり、目を閉じる。しかしちっとも眠れなかった。今日は朝から婚礼の準備やら何やらで忙しくしていて、疲れているはずなのに。

もうこうなったら、朝まで起きていよう。私の自室に用意されていた本を数冊手に取って、また寝室に戻ってくる。これだけあれば、朝まで暇をつぶせるだろう。

「アレク様……早く、戻ってこないかな……」

そんなことをつぶやきながら、窓の外に目をやる。静かな月の光が、どことなく寂しげに見えた。


「……こんなところで、何をしているんだ？」

困惑し切った声に、飛び起きる。いつの間にか、寝室はすっかり明るくなっていた。窓からはさんさんと朝日が降り注いでいて、小鳥の鳴く声も聞こえてくる。

そしてアレク様が寝台のすぐそばに立ち、不機嫌そうな顔で私を見下ろしていた。

「あ、あの、おかえりなさい！」

精いっぱい明るくそう言ったものの、どう頑張っても笑みが引きつってしまう。だって、アレク様の格好ときたら。

髪はくしゃくしゃで、上着もスカーフも身につけていない。絹のシャツには大きなしわが寄っていて、首元は大きく開けられている。ちらりとのぞく首筋には、何か赤い汚れが……もしかして、口紅、だったり？

……本当に、彼は女遊びをしていたんだ。それも、婚礼を放り出して。改めて突きつけられた事実に、胸がちくりと痛む。

「それより、どうして君はここで眠っていたんだ？　寝台なら、君の私室にもあるだろう。ああ、大きな寝台を独り占めしたかったのか」

「あっ、あなたを待っていたんです！」

はしたない格好でからかうようにそんなことを言われたせいで、ついむきになってしまう。どきどきする胸を押さえて、できるだけ落ち着いた声で続ける。

「その、あなたは女遊びが好きだと聞きました。でも今は、私があなたの妻です。でも私たちはお互いのことをほとんど知りません。だからきちんと話をして、理解を深めたいと……」

しかし返ってきたのは、たいそう不満げな視線だけだった。ふん、と鼻を鳴らして、アレク様が言い返してくる。

「僕には愛し合っている女性たちがたくさんいる。みんな、とっても魅力的だ」

どうしよう、理解できない。たくさんの人たちと愛し合うって、どんな心境なんだろう。

「そんなところに、親から一方的に妻を押しつけられるなんて……興覚めもいいところだ。しかもその妻ときたら、結婚したとたん図々しく出しゃばって」

私の戸惑いにはお構いなしに、彼は次々とたたみかけてくる。

「分かったかな？　僕は君を歓迎してはいない。少しでも僕のことを思いやってくれるのなら、さっさと出ていってもらえるかな」

「出ていって、って……でも、それならどうして、あなたは私と結婚したのですか……？」

すがるような気持ちでさらにそう尋ねたら、またしても冷たい声が返ってきた。

「そうでもしないと両親がうるさいからさ。でもこうして君と婚約したし、結婚もした。もうこれ以上、束縛されるのはごめんだ」

あまりの衝撃に、彼が言っていることの半分も理解できない。でも、私の考えは変わらない。

「……嫌です。私は、あなたの妻です。このまま出ていくなんて、嫌です」

「まあいい、君がどう主張しようと、僕は君を認めはしないからな」

きっぱりとそう言い残し、アレク様はするりと寝室を出ていってしまう。そうして私は、一人残された。

私の胸の内とは裏腹に、さわやかな朝の光はさんさんと惜しみなく降り注いでいた。

湖の別荘にて　一

質素だが趣味のいい屋敷の一室に、美しい青年が入ってくる。淡い金の髪に鮮やかな緑の目、おっとりとした面差しに、豪華な正装。その姿は、あふれんばかりの気品をたたえていた。

「おかえりなさいませ、コーネリアスお兄様！」

青年と同じ髪と目の色をした少女が、青年のもとに駆け寄ってくる。まだ十歳くらいだろう、愛らしい顔に生き生きとした笑みを浮かべている。

「はい、ただいま戻りましたよ、ロザリンド。お忍びで休暇中だというのに、王太子としての仕事が入ってしまうなんて、ついていませんでした。正装はどうにも疲れますね」

コーネリアスは彼女に笑いかけ、ため息をつきながら上着を脱いだ。額を出すようにしてきっちりとなでつけられていた髪を、くしゃりとかき乱して流している。

「公爵家の婚礼ともなれば、王族の一人くらいは参加しておく必要がありますからね」

部屋で待っていた赤毛の青年が、笑いながら相槌を打つ。

「ええ。ただ、あの婚礼は……駄目になってしまいました。どうやら、花婿が逃げたようです」

「逃げた⁉　何ということですの、ひどい話ですわ！　ランドルフも、そう思うでしょう⁉」

コーネリアスの言葉に、ロザリンドと呼ばれた少女が眉をつり上げる。ランドルフと呼ばれた赤毛の青年も、ぐっと難しい顔をしていた。そんな二人を見て、コーネリアスがぽつりとつぶやく。

「残された花嫁は、ただ一人で震えていました。そうやってじっと耐えている花嫁の姿は、とても不憫な、哀れを誘うものでした」

その様を想像したのだろう、三人が同時に沈痛な面持ちになる。さっきまでわきあいあいとしていた部屋が、しんと静まり返った。

「……できることなら、彼女の力になってやりたい。そんな思いが強くこみ上げてきて、あの場にいることすら辛くなってしまいました」

やがて、コーネリアスが悲しげに目を伏せてつぶやいた。そんな彼に、ランドルフがそっと声をかけている。

「哀れな女性に手を差し伸べたいという、そのお気持ちは尊いものです。ですが貴方が下手に動くと、余計に事態がややこしくなりかねませんから……」

「ええ、ランドルフ。分かっていますよ。私はその場に居合わせただけの、ただの部外者にすぎないのだと。けれどもう一つ、彼女がまとっていた花嫁衣裳のことが、どうしても忘れられなくて……」

切なげに伏せた彼の目には、けれど隠し切れないきらめきのかけらがひらめいていた。

「そこには、とても見事な刺繍が施されていたんです……」

コーネリアスは小さな頃から、綺麗なものが好きだった。満天の星、雨上がりの虹、咲き乱れる花々、色鮮やかな鳥、そういったものが。

やがて彼は、綺麗なものを探して王宮の中をさ迷い歩くようになった。彼は王の二番目の息子ということもあって、幼い頃はかなり自由に過ごしていたのだ。

そんなある日、彼はお針子たちがドレスを仕立てているところに行き合った。ただの布が形を変え、美しいドレスを形作っていく。彼はその様を、目を輝かせて見つめていたのだった。

夜空の星には、手が届かない。庭の花々の手入れをすることはできても、花そのものを作り出すことはできない。けれどドレスの美しさは、人間が作り出したものなのだ。

その事実を知り、幼い彼は衝撃を受けた。そうして彼は、ドレスについて調べ始めることにしたのだった。王宮に所蔵された数々の書物を読み漁り、服飾に関する知識を貪欲に身につけていった。

やがてコーネリアスは、一着のドレスを自分でデザインした。生まれたばかりの妹、ロザリンドのために。それは柔らかな絹のフリルをふんだんにあしらった、とても華やかな純白のドレスだった。

彼らの両親である当時の王と王妃はそれを見て、大いに喜んだ。そして二人は、実際にそのドレスを仕立てさせることにしたのだった。できあがったドレスを見たコーネリアスは、自分がデザインしたドレスが形になったことを大いに喜んだ。同時に彼は、今度は自分の手で一からドレスを縫い上げてみたいと、そう強く感じるようになっていた。

王の息子が、針仕事を覚える。普通ならまずあり得ないこの願いを、おおらかな王と王妃は快く叶えてやることにした。まだ十歳のコーネリアスは、専門の教師に裁縫を基礎から教わり始めたのだ。いつか自分の手でドレスを仕立てる日を夢見て、彼はさらなる努力を重ねていた。誰もが目を奪われるような、この上なく美しいドレスを、いつも頭の中に描きながら。

それから十年。その間にコーネリアスの兄が新たな王となり、コーネリアスは王太子となった。けれど彼は今も、ずっと同じ夢を抱き続けているのだった。

「……お兄様、我を忘れていますわね。本当、ドレスのことになると人が変わるんですから」

花嫁への同情と花嫁衣裳への興味とを同時に顔に浮かべて遠い目をしているコーネリアスを見て、ロザリンドがつぶやく。

「そうですね。俺はコーネリアス様の乳兄弟として長くおそばにいますが……年々、美しいもの、そしてドレスにかける情熱は増すばかりで」

ランドルフも苦笑しながら、そう応えた。

「でも、あのお兄様がここまで気に入るなんて……よっぽど見事な花嫁衣装だったのでしょうね。わたくしも、ちょっと見てみたかったですわ」

そんな二人の会話も耳に入っていないのか、コーネリアスはただぼんやりと宙を見つめていた。

第三章　希望と絶望のお茶会

それからの日々は、新婚生活というにはあまりにも寂しいものだった。アレク様は毎晩、どこかに出かけてしまう。そして、朝まで戻ってこない。そんなことの繰り返し。

でも私は、あきらめなかった。彼が屋敷に滞在している昼の間に、お茶に誘ったり、庭の散策に誘ったり。少しでも近づこうと、懸命にあれこれ試してみた。

それらが全て空振りに終わってからも、彼のそばをうろうろしてお喋りを持ちかけてみた。彼の好きなもの、趣味、どんなささいなことでもいいから知りたかった。

でも彼はうっとうしくまとわりつく羽虫を追い払うかのように手を振って、君と話すことなどないよ、と答えるだけだった。どうやったら、アレク様と仲良くなれるのか。たったそれだけのことが、いつまで経っても分からないままだった。

「レベッカ様、今の動きは間違いですね。正しくはこうですよ」

礼儀作法の教師の言葉に、ふと我に返る。あれこれと思い出していたせいで、つい上の空になってしまっていた。いけない、集中しないと。

最近私は、礼儀作法や教養など、様々なことを学ぶようになった。昔から勉強は頑張ってきたけれど、公爵家の一員として恥ずかしくないと、そう胸を張って言えるほどのものではない。

だから義両親に頼んで、こうしてきちんと学ぶ機会を作ってもらったのだ。今は客人をもてなす席での作法を、実際に茶器を並べて練習しているところだった。

アレク様に、今すぐ近づくことは難しそうだ。だからまずはこうやって、自分がホロウ公爵家に、アレク様にふさわしい人間になろう。そう思ったのだ。……もう、これくらいしかできることが思いつかない。それが、本当のところではあったけれど。

「はい。……こう、でしょうか」

「その通りです。レベッカ様は真剣に学んでくださいますし、それに呑み込みが早いので、とても教えがいがあります」

教師の言葉に、胸がじんと熱くなる。自分が着実に前に進めているのだと、そう励ましてもらえているように思えて。

「はい、頑張ります！」

ちょっぴり声を張り上げてしまった私を、教師はそっとたしなめつつも、温かい目で見守ってくれていた。


昼間は、毎日忙しくしていた。アレク様にあれこれと話しかけたり、教師と共に学んだり、学んだことを一人で復習したり。

けれど夜は、時間を持て余していた。当然ながらアレク様は外泊してしまっているので、義両親とお喋りしたり、一人で読書したり、そんな風に日々を過ごしていた。けれどそうやってのんびりしていると、焦りがこみ上げてしまう。何もしなくていいのかな、という、そんな思いが。

だから夜は、匂い袋を作ることにした。刺繍を施した小さな布を袋状に縫って、レースやビーズで飾り立てる。それから、香木の破片や干して刻んだハーブなんかを詰め込んで、リボンで閉じたものだ。

貴族の女性たちの間では、こういった匂い袋を思い人や恋人、それに夫に贈るのが流行している。アレク様は私の夫なのだし、匂い袋を贈るのは少しもおかしくない。

そう決めて、せっせと縫っていく。しかし気合が入りすぎていたからか、とびきり華やかで繊細な匂い袋は、ものの数日で完成してしまった。

完成した匂い袋を、そっとアレク様の部屋の机に置いた。どうか、彼がこれに気づいてくれますように。そう、祈るような気持ちで。

そうして寝室に戻りながら、そっとため息をついた。

何だかちっとも、前に進めているような気がしない。アレク様は私の話を聞いていないようだし、あの匂い袋もちゃんと受け取ってもらえるかどうか自信がない。

そして彼の女遊びは、一向に収まる気配がなかった。

「ううん、礼儀作法や教養は、少しずつ身についてきているもの……できることから一つずつ、こつこつとやっていくしかないの……そうすれば、いつか……」

私の独り言は、夜の静けさにあっという間に吸い込まれて、消えていった。

◆◆◆

懸命に頑張っているうちに、一週間が経ち、二週間が経っていった。

「レベッカ、君にとってはいい知らせがある。僕と君が、茶会に招待された。十日後、侯爵家の庭で開かれるものだ」

そんなある日、アレク様がものすごい仏頂面で告げてきた。あまりに予想外なその言葉がすぐに理解できなくて、ぼかんとしてしまう。

「あの……それは、アレク様が、私と、お茶会に出るということ……でしょうか……？」

どうにかこうにかそう問いかけたら、アレク様はすっと目を細めた。

「その通りだ。もちろん僕は行きたくはないんだが、両親がうるさいんだ。君が行きたくないと言ってくれれば、僕も堂々と欠席できるんだが」

「いえ、行きたいです！　ぜひ、ご一緒させてください！」

どんな理由であれ、アレク様と一緒にいられる機会が巡ってきたのだ。この好機を逃す訳にはいかない。私の声は、自分でも驚くくらいに弾んでいた。

そしてアレク様は、用件だけを告げるとさっさと出ていってしまう。その背中を見送ってから、急いでクローゼットに駆け寄った。

そこには、義両親が用意してくれた普段着とドレスがずらりと並んでいる。それと、イーリスの家にいた頃着ていた普段着が数着、隅のほうに下がっていた。こちらはもう着ることもない服だけれど、身一つで嫁いでくるのが寂しくて、つい持ってきてしまったのだ。

「それより、当日の衣装を決めなくちゃ……！」

小さくうなずいて、目の前の服を見すえる。少しでもアレク様に気に入ってもらえるように、頑張って装うんだ。たぶん、地味なのは駄目。かといって、仰々しいのも駄目。アレク様の好みにはさほど詳しくないけれど、それで合っていると思う。

「ここのドレスは、みんな地味だわ……たった十日では、新しいドレスを仕立てるのは無理だし」

用意されていたドレスは、みな既婚女性のための、おとなしく控えめなものだった。その中でも一番華やかなドレスを見つけ出して、体に当ててみる。とても上質な布を使ったそのドレスは、襟ぐりの開きは控えめで、飾りのフリルやレースも少ない。

「もう少しだけ、華やかにしたいな……胸元か、袖のところにもっと飾りがあれば……」

ドレスを体に当てたまま姿見の前に立って、近づいてみたり遠ざかってみたり。しばらく考えて、心を決めた。

「うん、袖だわ！」

ドレスを椅子の背にかけて、ぱたぱたと棚に駆け寄った。そこに置かれた大きなバスケットを手に取り、また戻ってくる。

バスケットを開けると、使い慣れた道具が姿を現した。針山、ハサミ、色とりどりの糸、編針、その他細々としたあれこれ。このバスケットは、私がイーリスの家から持ってきた数少ない嫁入り道具の一つだった。

私の周りには、手芸が好きな人がたくさんいた。お母様もお祖母様も、それに叔母様たちもみんな、縫い針やら編針やらを手に、色んなものを作っていた。

そんな家族に囲まれて育った私も、自然と手芸が得意になっていた。ちょっとした繕い物だけでなく、簡単な服を仕立てたり、繊細なレースを編んだり。

その中でも、特に刺繍は好きだった。様々な糸を使って一針一針縫っていくうちに、やがて布の上に絵が現れる。それがとっても面白かった。

十日あれば、ドレスの両袖に刺繍を施せる。そうすればこの控えめなドレスも、うんと華やかなものに化けるはずだ。

「これだけ上等なドレスに刺繍をするのは、ちょっと緊張するけれど……」

いつもより少し身構えながら、さっそく作業に取りかかる。

生まれてから十七年、貧しくはないけれど裕福でもない男爵家で育った私にとって、この屋敷のものは何もかもが上等過ぎた。そのことに、実は今でもちょっと尻込みしてしまっている。

「でもいつか、慣れてみせる。豪華そのものの暮らしにだって」

小声でつぶやきながら、細かく縫い進めていく。手慣れた作業を続けているうちに、どんどん気持ちが上向いていくのを感じた。

それから毎日、一生懸命に刺繍を続けた。夜はもちろん、昼間も空いた時間を使って、ただひたすらに縫い続けた。話を聞いた義両親が、時々応援にやってきてくれた。二人とも、縫いかけの刺繍を見て、その美しさに目を丸くしていた。

「……できた……！　とっても、いい感じ……」

そうしてお茶会の二日前、私は完成したドレスを前にため息をついていた。

落ち着いた雰囲気のドレス、その緩やかに広がったその両袖いっぱいに、つる草と花をかたどった刺繍が施されている。朝焼けの空のように少しずつ色が移り変わっていく、見事なものだ。

これを自分が作り上げたなんて、とても信じられない。それくらいに素敵だった。

これなら、アレク様の気を引くこともできるかもしれない。それをきっかけに、彼ともっと話すこともできるかもしれない。どうか、そうなってくれますように。トルソーに着せつけたドレスを見つめて、そっと祈った。


その二日後。私はアレク様と一緒に、お茶会に出ていた。

手入れの行き届いた美しい庭は広々としていて、秋咲きのバラたちがそこかしこで艶やかな姿を見せている。ふくよかな香りが漂う中、バラたちに負けないくらいに着飾った人々が、思い思いに過ごしている。ある者はゆったりと歩きながら庭を愛で、またある者たちはお茶やお菓子の支度がされたテーブルを囲み、思い思いに談笑していた。

私もアレク様についていきつつ、招待主や他の客に挨拶をしたり、お茶を楽しんだりしていた。今までしっかりと学んだおかげか、他の人たちを戸惑わせることもなかった。自分がちゃんとふるまえていることに、ほっとする。

それにみんな、私のドレスを褒めてくれた。素敵な刺繍ですね、と言って。そのことも、とっても嬉しかった。

しかしアレク様だけは、その間一度たりともこちらを見ようとしなかった。いつもより露骨に、私のことを避けている。そして私の刺繍が褒められるたびに、彼の眉間のしわが深くなっていく。

こうなったらもう、私から話しかけるしかない。そう決心して、アレク様の隣に進み出る。

「あの、アレク様っ」

「アレク、やっと来たの。待ちくたびれたわ」

私の言葉をさえぎるようにして、軽やかな声がした。人々の間を縫うようにして、一人の女性が歩み寄ってくる。二十歳そこそこ、アレク様と同じくらいの年頃の彼女は、女の私ですら見とれてしまうような、豊満で妖艶な女性だった。

彼女は私たちの前までやってくると、アレク様の腕にするりと自分の腕をからめる。そしてそんな彼女に、アレク様が甘くささやいた。今まで見たこともないその表情に、たじろいでしまう。

「待たせてすまなかったね。こちらの……妻が、身支度に手間取って」

「あら、そうだったのね。はじめましてお嬢さん、あなたが彼の書類上の奥さんね？」

そんな私に、女性は悠然と微笑みかけてきた。自分のほうが立場が上なのだと、そう確信している笑みだった。

「でもあいにくと、アレクが愛しているのは私のほうなの。だから彼は、もらっていくわね」

「あ、あの、でもアレク様は私と、このお茶会に……」

驚いた拍子に、付け焼刃の礼儀正しさがふっとんでしまう。うろたえ言いよどみながら、女性に食い下がった。そんな私に、アレク様の呆れたような声が投げかけられる。

「僕はこうして、お茶会に出席した。これで両親への義理は果たした。だから、ここからどうしようと僕の勝手だ」

「アレクが出たくもないお茶会に出る羽目になったたってぼやいてたから、こうしてここで落ち合うことにしたのよ。ちょうど私も、招待されてたから」

「こんなところで上品に喋っているより、もっと刺激的な遊びはたくさんあるからな」

二人は口々に、そんなことを言っている。悲しくなるくらいに、息ぴったりに。

「なあレベッカ、僕の愛しい人は、とっても魅力的だろう？　ちょうどいい機会だから、彼女を君に引き合わせようと思ったんだ。そうすれば君も、身の程を知ってくれるかと思ってね」

さらに言い放つアレク様の袖を、女性がくすくすと笑いながら軽く引っ張る。

「あら、そこは『僕の愛しい人のうちの一人』でしょう？　私、知ってるのよ。今あなたが何人と付き合っているのか。それぞれの名前まで、ね」

「そんな僕の性分を知ってなお、そのままの僕を受け入れてくれる君は最高の女性だ」

「ふふっ、それって奥さんの前で言うことかしら？」

そんなことを話しながら、アレク様は去っていく。女性と二人、仲睦まじくぴったりと寄り添ったまま。たったの一度も、こちらを振り返ることなく。

二人の背中を、ただ黙って見送った。何か言いたいことがあるのに、追いかけたいのに、口も足も、ぴくりとも動いてくれなかった。

気がつけば、二人はもういなくなっていた。その場に居合わせた客たちが、遠巻きに私を見ている。みな、同情するような目をしていた。あの婚礼の時と、同じようなまなざし。

その視線が、辛かった。その場から逃げるようにして、ひたすら歩く。人のいない、静かな場所を探して。

広い広い庭をさまよっているうちに、素朴で繊細な秋の花々が、けれどあふれんばかりに咲き乱れる一角に出た。お茶会の会場からは離れていて、人の気配はない。

さらに奥へと進み、生垣の隙間をくぐり抜ける。そこは木々に囲まれた隠し部屋のようになっていて、木の長椅子が一つ置かれていた。

倒れ込むように腰を下ろし、ぼんやりと宙を見つめる。さっきのアレク様と女性の会話が、頭の中で鳴り響いていた。このお茶会をきっかけに近づけるかもなんて、甘い考えだったのかも。

遠くからかすかに聞こえてくるお茶会のざわめきをたった一人で聞いていると、どんどん気持ちが暗くなっていく。これなら、体調が優れないのでと嘘をついてでも、すぐに帰ってしまったほうがよかったかも。

そう思うのに、体がひどく重い。どうにも動けなくて縮こまっていたら、すぐ近くでがさりという音がした。

「あら、先客がおられましたの。気づかずに入ってしまって、ごめんなさい」

明るい声に導かれるようにして、そちらを向く。すると、生垣の隙間からこちらをのぞき込んでいる少女と目が合った。十歳くらいだろうか、淡い金色の髪を綺麗に巻いた、ほっそりした愛らしい少女だ。

「それでは失礼いたしますわ……って、あら！　とっても素敵な刺繍ですのね！」

いったんは立ち去ろうとしていた少女が、ぱっと鮮やかな笑みを浮かべる。彼女は私のところまで駆け寄ると、すとんと隣に腰を下ろしてしまった。

「わあ……綺麗ですわ……ずっと見ていたいくらいに……」

彼女は私の腕を取り、袖の刺繍に見入っている。天使を思わせるほどに整った面差しに、とても上品で古風な物腰。ただその割に、ちょっぴりおてんばな印象も受ける。

そして彼女のドレスもまた、少しばかり変わっていた。肩や襟のところに透ける布が重ねられていて、愛らしくも優美な雰囲気をかもしだしていた。こんな装飾、見たことがない。とっても素敵だ。

少女は私の刺繍をじっと見つめ、私は彼女のドレスを眺めている。そんな不思議な時間の後、彼女は何かに気づいたように背筋を伸ばし、優雅な笑みを浮かべて会釈してきた。

「いけませんわ、名乗るのを忘れておりました。わたくし、ロージーと申します。ロージー・オーンブルですの。どうぞ、ただ『ロージー』とお呼びくださいませ」

「レベッカ・ホロウです……私のことも『レベッカ』で構いません」

まるで礼儀作法のお手本のような少女の態度にほんの少し気後れしそうになりながら、こちらも名乗り返す。するとロージーは、ころりと表情を変えた。鮮やかな緑色の目をきらきらと輝かせ、興味もあらわに尋ねてきたのだ。

「ふふ、どうぞよろしく、レベッカ。ところで、この刺繍はどなたが縫われたんですの？」

「私が、自分で縫い取りました。ドレスの雰囲気が少々寂しかったので」

「これを？　あなたが？　お針子に縫わせたのではなくて？」

「はい。自分一人で、十日ほどかかりました」

そう答えた拍子に、目元が熱くなる。せっせと縫い取っていた間の弾んだ気持ちと、ついさっき味わった悲しみを同時に思い出してしまって。

「たった、十日ですって!?　レベッカは、本当に刺繍が得意でいらっしゃるのね！」

しかし私の暗い気分を、ロージーの弾んだ声があっさりと吹き飛ばしてしまう。

「ねえ、他にはありませんの？　わたくし、レベッカの刺繍をもっと見たいですわ！」

その言葉に、今度は別の涙がにじんできた。今日、他の客の人たちに、たくさん袖の刺繍を褒められた。けれどロージーの飾らない言葉は、一番心に響いた。

ついにこぼれ落ちた涙を、とっさに袖で拭おうとする。子供の頃、よくそうしていたように。

「まあ、どうなさいましたの？」

しかしそれよりも先に、ロージーが自分のハンカチで私の目元を押さえてくれる。ああ、またやってしまった。

アレク様との距離は縮まらない。思いを込めた刺繍は見てもらえない。そういえばあの匂い袋はどうなったのだろう。彼はあれ以来、何も言わないから分からない。

そして私ときたら、唯一頑張れそうな礼儀作法ですらまともに身につけられていない。考えているうちに、どんどん後ろ向きになってしまう。

そんなあれこれを押し込めて、小声でつぶやく。

「……悲しいことが、あったんです。でも、あなたと話していると、少し楽になる気がします……」

「……そうでしたの」

ロージーは短く答えて、私の手をそっと握りしめてくれた。私もぼんやりと、その小さな手を握り返す。

彼女の手は柔らかく、少しひんやりしている。ただ無言で手を取り合っているだけなのに、傷つき冷え切った心が、ほんわかと温かくなっていくように思えた。

しばらくそのまま、じっとしていた。そうして、そろそろと口を開く。

「……ありがとう、ロージー。もう、大丈夫です」

「わたくしが力になれたのなら、嬉しいですわ」

にっこりと笑った彼女が、ふと耳をそばだてる。そうして、優雅に一礼した。

「……あら、お兄様がわたくしを探しているみたいですし、もう行きますわね。……いずれまた会いましょう、レベッカ！」

「はい。私も……」

彼女は何度も振り返り、小さく手を振りながら去っていった。その明るい声と笑顔を思い出しながら、じっと座り続ける。自然と口元に、笑みが浮かぶのを感じながら。

「お兄様、わたくしとっても素敵なものを見たんですのよ‼」

お茶会から帰る馬車の中で、ロザリンドは頬を赤らめてはしゃいでいた。彼女は身振り手振りを交えて、先ほど見たばかりの刺繍の見事さを訴えていたのだ。それはもう、詳細に。

隣に座るコーネリアスが、うらやましさを隠さずにつぶやく。

「でしたら、私を呼んでくれればよかったのに。それほどに素晴らしいものなら、ぜひこの目で見てみたかったです」

子供のようにしょんぼりとしているコーネリアスに、ロザリンドは小声でささやきかける。

「できることならわたくしも、お兄様を呼びたかったのですけれど……けれどその方、何か辛いことがあったみたいで……今はそっとしておいてあげなくては駄目だと、そう思いましたの」

「そういう事情でしたら、仕方ありませんが……やはり、残念です」

やはり悲しそうに、コーネリアスはつぶやく。そんな彼に、ロザリンドは一転して明るい声で言った。

「ふふ、安心なさって。ちゃあんと、その方のお名前はうかがっておりますもの。レベッカ・ホロウとおっしゃるんですって。ホロウのお屋敷なら、わたくしたちの滞在先からも近いですわ」

とたん、コーネリアスが顔を上げた。目を見張って、考え込んでいる。

「ホロウ……」

コーネリアスは、その名に覚えがあった。先日彼が参列した悲しい婚礼、あれはホロウ公爵家の跡継ぎ夫婦のものだったのだ。コーネリアスの出席が急遽決まったということもあって、彼は花婿と花嫁の名までは覚えてはいなかったが。

もしかしたら、あの時の打ちひしがれた花嫁が、この上なく美しい花嫁衣裳をまとっていたあの彼女が、今日も素晴らしい刺繍のドレスを身につけてあの庭にいたのだろうか。

それはただの推測でしかなかった。ホロウの名を持つ若い女性は、他にもいるだろうから。けれどコーネリアスは、確信していた。自分が見たあの花嫁と、先ほどロザリンドが出会った女性とは、きっと同じ人物なのだと。

二度も同じ場にいながら、彼女に近づくことはできなかった。でもきっと、次は。

コーネリアスは期待に胸を高鳴らせながら、もどかしげに口を開く。

「……ロザリンド、折り入ってお願いがあるのですが……」

「任せてくださいまし。……わたくしも、レベッカにはまた会いたいなって思っていましたから。お手紙を書いて、彼女をここに招待いたしますわ！」

そんな兄に、ロザリンドが頼もしく胸を張ってみせる。そして、浮かれた様子で続けた。

「思えば、わたくしがどなたかに招待状を書くのは初めてですわね。ふふっ、ちょっとどきどきしますわ」

「気持ちは分かります。ですが、気をつけてくださいね、今のあなたは王妹ロザリンドではなく、オーンブル伯爵家の娘ロージーなのですから」

心配そうな顔でそう指摘するコーネリアスに、ロザリンドはくすりと笑いかけた。

「分かっておりますわ。わたくしたちはお忍びの休暇中なのですから、万が一にも正体がばれるようなことがあってはならない。そうですわね、コーニーお兄様？」

よく似た兄妹は、無言で微笑み合う。かたかたという小気味よい馬車の音が、二人を包んでいた。

第四章　不思議な兄妹

白いカーテン越しに、朝日が差し込んでくる。いつもと同じさわやかな日差しの中、私はぼんやりと座っていた。

結局アレク様は、あのまま帰ってこなかった。お茶会でのてんまつを知った義両親は大いに怒り、泣き、そして私を慰めてくれた。

けれど私の心は、少しも晴れることはなかった。ロージーと話していたあのひと時だけは苦しみを忘れられたけれど、それだけだった。

今日は、教師はやってこない。アレク様もいない。いつもなら、学んだ内容の復習をするのだけれど、そんな気分でもなかった。もっともっと頑張らないといけないのに、動けない。

そうしてただ自室で窓の外を眺めていたら、メイドが手紙を届けてきた。私宛の手紙。誰からだろう。両親からかな、友人からかな。今、手紙を読みたい気分じゃないのだけれど……。

しかしその封筒は清楚な花の香りをかすかにまとった、とても上質なものだった。『ホロウ公爵家、レベッカ様へ』と宛名を記した筆跡も、優美で繊細だ。こんな手紙を送ってくるような知り合いに、心当たりはなかった。

首をかしげつつ封筒を裏返し、目を見張る。そこには『ロージー・オーンブル』と署名されていたのだ。彼女とは昨日会ったばかりなのに、もう手紙をくれるなんて。

いそいそと手紙を開け、中身に目を通す。美しい便せんにつづられているのは、昨日のロージーの明るい笑顔がありありとよみがえってくるような、そんな生き生きとした文章だった。

『レベッカ、昨日はあなたと知り合えて、とっても嬉しかったですわ』

『……実はわたくし、あなたのあのドレスが忘れられなくて。だって、本当に見事な刺繍だったんですもの！』

『いつでも構いませんから、あのドレスを着て遊びにきていただけませんか？　前もって言っていただければ迎えの馬車も出しますから。ですからどうか、お願いします！』

ロージーは、とても熱心に私を誘ってくれていた。それも、古くからの友人に語りかけているかのように親しげに。

「最近、友達とも会えていなくて寂しかったし……遊びにいくのも、久しぶりだから……」

アレク様との婚約が決まってから、友人たちとは自然と疎遠になっていた。私の友人たちはみんな下位の貴族で、私が嫁ぐのは最上位の公爵家。私は今まで通りの付き合いを続けたかったのだけれど、友人たちのほうが離れていってしまったのだ。

そんなことを考えながら、ちらりとクローゼットに目をやる。あのドレスを着たら、昨日の悲しさを思い出してしまうかもしれない。でもきっと、ロージーはそんな悲しみをかき消すくらいに喜んでくれる、そんな気がする。

小さくうなずいて、机の引き出しを開ける。ロージーへの返事を書くために。

◆◆◆

その数日後、私はホロウの屋敷を後にしていた。ここに嫁いできてからというもの、一人で出かけるのはこれが初めてだ。だからなのか、ちょっと落ち着かない。

新しく知り合った方のところに遊びにいきます、とアレク様に報告したら、君が何をしようと興味はないよ、とだけ返された。義両親に報告したら、気晴らしは大切だからね、と喜ばれた。どうやら二人は、毎日アレク様に振り回されながらも、ただひたすらに勉強を続けていた私のことを、ずっと心配してくれていたらしい。

二人に感謝の言葉を返し、迎えの馬車に乗り込む。豪華な箱状の、ちょっと息苦しいホロウの馬車とは異なり、この馬車は長椅子に日よけのほろを付けただけの開放的なものだ。秋とはいえ、まだ日によっては暑い。風を感じながら馬車に揺られるのは、とても心地よかった。

馬車は草原の中の道を走り、そのまま近くの明るい林の中に向かっていく。大きな湖を取り巻くこの林の中には、貴族の別荘が点在しているらしい。ロージーが滞在しているのも、そんな別荘の一つなのだそうだ。

やがて、行く手が開けてきた。林に囲まれた草原の中に、小ぶりな屋敷がたたずんでいるのが見える。その周囲の庭には、優しい色合いの花が咲いていた。生まれ育ったイーリスの屋敷を思い出させる、自然の風景と見事に調和した建物だった。

「ようこそ、レベッカ！　我がオーンブル伯爵家の別荘にようこそ！　また会えて、嬉しいですわ！」

馬車を降りるなり、ロージーが跳ねるように駆け寄ってきた。今日も彼女は少し風変わりな、でもとっても愛らしい服を着ている。薄い布がひらひらしていて、まるで花の妖精のようだ。

「お招きありがとう、ロージー。今日も素敵な服ですね」

「ふふ、そうでしょう？　これ、お気に入りなんですの」

二人で手を取り合ってそんなことを話していたら、こつこつと靴音が近づいてきた。何の気なしにそちらに目をやって、息を呑む。

庭の小道をこちらに向かって歩いてくるのは、二十歳くらいの青年だった。淡い金の髪は、その歩みに合わせてさらりと揺れている。そしてその前髪の下からは、優しく細められた鮮やかな緑の目がのぞいていた。

彼は最高級の人形のように、素晴らしく整った面差しをしていた。けれど、その顔にはとても穏やかな笑みが浮かんでいて、冷たさはみじんも感じない。春先の陽だまりのような人だなと、そう思った。彼の笑顔を見ているだけで、ほっと心が落ち着くのを感じる。

「はじめまして、レベッカさん。私はロージーの兄、コーニー・オーンブルと申します。どうぞよろしくお願いいたします」

そう言って、コーニー様は手を差し出してきた。とても自然に、気軽に。

「レベッカ・ホロウです。その、こちらこそ……よろしくお願いします、コーニー様」

ちょっぴり気後れしながらそう答え、彼の手を握る。大きくてしっかりした、温かい手だった。

そのことに、うっかりどきりとしてしまう。

「ねえねえお兄様、ほら、レベッカのドレスの袖をごらんになって！」

そうして手を取り合っていると、ロージーがすかさずそう言った。コーニー様はそれを聞いて、はっと目を見張る。そして次の瞬間、私の腕をがっちりと両手でつかまえてしまった。前かがみになって袖に顔を寄せ、刺繍をまじまじと見つめている。

「あ、あの、コーニー様？」

つかまれた腕越しに伝わる体温も、近過ぎる顔も、とっても恥ずかしい。振りほどこうとして身じろぎしてみたけれど、彼の手はびくともしない。

「これは……確かに、とても見事なものですね……予想していた以上です……」

そして彼は、ため息交じりにそんなことをつぶやき始めた。先ほどまでのおっとりと穏やかな声ではなく、熱に浮かされたような、そんな声音だ。

このふるまい、先日のお茶会の時のロージーと似ているけれど、彼のほうがもっとずっと熱心で、真剣だ。兄妹そろって刺繍に興味があるなんて、ちょっと変わっているかも。

「……この繊細な色使い、まるで朝焼けの空をそのまま写し取ったようです……複雑な模様なのに、針目が少しも乱れていない……」

おそるおそる刺繍を指でなぞりながら、彼はさらに熱心に言葉を紡いでいく。褒めてもらえるのは嬉しい。けれどやっぱり恥ずかしい。どうしよう、この状況。

「うふふ、お兄様。レベッカが困っていますわよ」

するとロージーが、おかしそうに笑った。うっとりとしていたコーニー様が、はっと我に返ったように私の腕を離す。

「も、申し訳ありません。あなたの刺繍が、あまりに素敵だったもので、つい……」

「あ、大丈夫、です……お褒めいただき、ありがとうございます」

まだ頬が火照っているのを気づかれないように、軽く頭を下げる。するとコーニー様は、元通りの落ち着いた口調で話し始めた。

「それでは、応接間にお越しください。おもてなしの準備も整えてありますから」

「今日のお茶菓子はとびきりいいできだって、料理人も言っていましたわ！」

おっとりと微笑むコーニー様に導かれ、上機嫌のロージーと並んで、オーンブルの別荘に足を踏み入れる。内装も装飾は控えめで、落ち着いている。この感じ、とてもほっとする。

そうして案内された応接間には、落ち着いた秋風が吹いていた。大きく開けられた窓を通して、遠くに湖が見えている。

私たちが着席してすぐに、メイドたちがお茶と茶菓子を運んできた。勧められるまま口をつけて一息ついた時、ふとあることを思い出す。

「あの、ロージー。今日はお招きありがとうございます。その、よければこちら、受け取ってくれませんか？　招待のお礼に、作ってみたんですが……」

そう前置きして、手提げ袋から小さな丸いものを取り出す。そのまま、ロージーに差し出した。片手にすっぽりと収まってしまうような、ヒヨコのぬいぐるみだ。翼に黄色と白で細かく刺繍を施して、ちょっと凝った雰囲気に仕上げてある。

「まあっ、可愛いですわ……本当にわたくしがもらっていいんですの？」

「ええ。あなたのために作ったものですから」

ロージーからのお誘いを受けてすぐ、これを作った。このドレスの刺繍に興味を抱いていた彼女なら、きっとこのぬいぐるみも気に入ってくれるはずだと思って。

「ありがとう、レベッカ。大切にしますわ！」

目をきらきらと輝かせ、両手でぬいぐるみを掲げ持つロージー。すると、コーニー様が流れるような動きでぬいぐるみに顔を寄せた。とても真剣な目で、ぬいぐるみを観察している。

「……ロージーのために、わざわざこれを？　たった数日で作ったとは思えないほど、素晴らしい仕上がりです。それにこのぬいぐるみの型紙も、よくできていますね……どこで入手したのですか？」

「あっ、その……私が、作りました……」

「ああ、あなたはそんなこともできるのですね……」

賞賛の色を浮かべた目で、コーニー様がまっすぐに私を見つめてくる。とってもまぶしい。

「あの、でしたら今度、もう一つお作りしましょうか……その、コーニー様のために」

彼があまりにきらきらした目をしていたので、思わずそんなことを口にしてしまった。それを聞いた彼は、それは嬉しそうに微笑む。

「はい、ぜひお願いします！」

純粋そのものの笑顔があまりにまぶしくて、ちょっと目頭が熱くなる。先日のお茶会の時みたいに泣いてしまったら、この穏やかな時間が台無しになりかねない。ええと、何か話をそらさないと。

必死に話題を探していたら、ロージーがいたずらっぽく笑って口を開いた。

「ねえ、レベッカ。折り入って、お願いがあるのですけれど……わたくしと、お友達になっていただけません？」

思いもかけないお願いに、にじんでいた涙がきれいに引っ込んだ。ぽかんとしていると、コニーがそっと口を挟んでくる。

「ロージー、突然そんなことを言い出して……レベッカが困っていますよ」

「だって、レベッカに敬語を使われると、どうにも寂しい気分になってしまうんですもの」

むずがる子供のような顔で答え、彼女はまたこちらに向き直る。

「あ、友達がお嫌でしたら、姉妹でもいいですわ！　あなたのことをお姉様って呼ぶのも、楽しそうですもの！」

「あの、さすがに姉妹、というのはちょっと無理がありませんか……？」

「では、お友達ということで決まりですわ！　これからは敬語、止めてくださいましね！」

「ええ、分かりまし……分かったわ」

無理やりロージーに押し切られてしまったものの、これはこれで悪くないかも。そう思った時、彼女はさらにたたみかけてきた。

「ふふっ、嬉しいですわ！　だったらお兄様ともお友達になってみませんこと？」

「私が、コーニー様と、ですか？」

「どうせなら、みんなで仲良くしたいですもの」

助けを求めるようにコーニー様のほうを見たら、彼はきょとんとしていた。しかしすぐに、納得したように大きくうなずく。

「……そうですね。私も、もっと気軽に話してもらえれば嬉しいです。できれば、『様』も外していただければ、と」

そしてなんと、彼までがそんなことを言い出してしまった。

ええと、彼はオーンブル伯爵家の人間だから、家の格でいうならホロウ公爵家のほうが上だ。でも私は既婚女性で、彼は成人男性で……彼のことを呼び捨てにするのが、どれくらいなれなれしいことなのかよく分からない。うう、もっともっと勉強しないと。

ともかく、彼のお願いについては断ったほうがよさそうだ。知らずに無礼を働いてしまう可能性が高そうな気がするし。

「あの、そのお願いなのですが……」

そこまで言ったところで、コーニーと目が合った。彼はまるで子供のように無邪気に、期待を隠すことなくまっすぐに私を見つめている。と、私の口から勝手に言葉がこぼれ落ちる。

「……分かりました。その……コーニー。失礼にならないと、いいのですが……」

「はい。ありがとうございます、レベッカ。ふふっ、失礼なんてとんでもない」

すると彼は、一転してとろけるような笑みを浮かべる。優しく甘いその表情に、胸が高鳴ってしまうのを感じた。

目を瞬いて、自分で自分に言い聞かせる。

新しく友人ができましたって、あとでアレク様にきちんと報告しよう。たぶん彼は、興味ない、の一言で済ませてしまうだろうけど。それでも妻たるもの、夫にいらぬ誤解を抱かせてはならない。やましいことなんて何にもないのだから、気軽に話せばいい。

そんなことを考えながら、にこにこしている二人を眺めていた。


それから、三人であれこれとお喋りをした。二人は普段、もっと離れたところにある屋敷で暮らしているのだそうだ。ロージーはあまり体が強くないので、時々ここに療養に来ているのだとか。

「私は付き添いです。見ての通り彼女は少々おてんばですので、目を離せなくて」

コーニーがくすくすと笑うと、ロージーがぷうと頬を膨らませた。

「もう、お兄様ったら。普段は二人で森や湖畔を散歩したり、屋敷でのんびりしているだけでしょう？　そうそう無茶なんてしませんわ」

「けれど先日のお茶会では、私をまいていなくなってしまったでしょう？」

「だってお兄様と一緒だと、会場の外には出してもらえませんもの。あの素敵なお庭を、こっそり隅々まで見てみたかったんですの」

少しも悪びれることなく、ロージーは堂々と言い放つ。

「それにそうやってわたくしが探検に出たからこそ、こうしてレベッカと知り合えたんですのよ！」

「ふふ、そうね。あなたが突然現れた時は驚いたけれど、おかげで今、とっても楽しいわ」

そう相槌を打ったとたん、ロージーがぱっと顔を輝かせた。

「ああ……その話し方、友達らしくて素敵ですわ！」

声を弾ませるロージーを、コーニーは嬉しそうに微笑みながら見守っている。

「わたくし、小さい頃はもっと体が弱くて……家族以外とは、あまり交流がなかったんですの。ですから、友達という存在にずっと憧れがあって」

そしてロージーはちょっぴり興奮気味に、こちらに身を乗り出してきた。

「せっかくですから、あなたの話を聞かせてくださいな！」

「ええっと……何を話せばいいのかしら？　私が生まれ育ったイーリスの家は、田舎の男爵家だから……その、あまり貴族らしい話題って、持っていなくて」

こういう場では、社交界の噂話をするのが一番いいらしい。あるいは、新しく仕立てたドレスや装飾品などの話とか。そこまでは学んだけれど、肝心の話の中身はまだ用意していない。

困り果てていたら、ロージーがけろっとした顔で言い放った。

「貴族らしいかどうかなんて、関係ありませんわ。あ、そうですわ。子供の頃のレベッカの話なんてどうかしら？　わたくし、聞きたいですわ！　ね、お兄様もそうでしょう？」

「はい。あなたがどんな少女時代を過ごしていたのか、ぜひ聞かせてください」

ロージーだけでなくコーニーも、興味津々といった顔で私を見ている。活発なロージーとおっとりとしたコーニー、性格はかなり違うけれど、こうしているとそっくりだ。

自然と、笑みが漏れる。一つうなずいて、思いつくまま話し始めた。


私が話して、二人があれこれと質問をして。それに答えて、また話して。どんどん話は弾んでいく……のだけれど、一つ気になることがあった。

「その、こんな話で……楽しいの？　田舎の暮らしと手芸の話がほとんどだし……そもそも、私ばかり話しているし」

話の合間に、そんなことを尋ねてみる。二人はとても満足そうに、同時にうなずいた。

「楽しいですわ！　野原を駆け回る小さなレベッカの姿、想像しただけで幸せな気持ちになりますもの」

「ええ、私も楽しいですよ。仲のいいご家族の姿が目に浮かぶようで……特に、みんなで協力して壁掛けを作り上げた話など、とても興味深いです」

それなら、いいのかな。まだ少しためらっていると、ロージーが「ほら、さっきの話の続きをお願いしますわ！」とせかしてきた。

その言葉に、残っていた迷いも消えていく。気を取り直して、さらに話を進めていった。

二人とも、今の私のことや、アレク様のことについては聞いてこなかった。二人が何かを察しているのか、それとも偶然なのかは分からない。

けれどそうやって過去の思い出だけに浸っていられるこの時間は、懐かしくて温かいものだった。ちょっぴり、泣きたくなるくらいに。


そうしていたら、あっという間に夕方になってしまった。後ろ髪を引かれながらも帰宅する旨を告げる。

「あなたと話せて楽しかったです、レベッカ。来てくれてありがとうございました」

「わたくしたちはいつもこの屋敷にいますから、いつでも遊びにきてくださいませ」

この二人と別れるのは、寂しい。そんな思いに負けないように、明るく答えた。

「いずれ、コーニーの分のぬいぐるみを持ってきますから」

「はい、約束ですよ」

「待ってますわ！」

笑顔で見送ってくれた二人に手を振って、質素で軽やかな馬車に乗り込む。何度も振り返りながら、オーンブルの別荘を後にした。

久しぶりに、心が満たされているのを感じながら。

レベッカが乗った馬車が、林の中に消えていく。車輪の音がどんどん遠ざかっていき、やがて木々のざわめきにまぎれて聞こえなくなった。

「……やっぱり、あなただった……」

それでもまだ、コーネリアスは馬車が去っていったほうを見つめていた。切なげに目を細めて、夕日に金の髪をきらめかせて。その手には、レベッカが作ったヒヨコのぬいぐるみ、ロザリンドから借りたそれがちょこんと載っている。

「これが偶然だとは、とても思えません……」

あの婚礼の日、彼は悲しむ花嫁のことが気にかかって仕方がなかった。そしてお茶会でロザリンドが出会ったという女性に、自分も会ってみたいと思っていた。のみならず彼は、その二人の女性は同一人物に違いないと、そう確信していたのだ。

そして今日、彼は自分の予感が当たっていたことを知った。そして、彼女のたぐいまれな手芸の才能と情熱をも知ることができた。

「あなたなら、きっと……私の夢を叶えてくれる……」

実のところコーネリアスは、ずっともどかしさを覚えていた。彼が夢見ているドレスを完成させるには、素晴らしい刺繍が必要だ。そして彼がそれだけの技術を身につけるには、まだまだ時間がかかってしまう。

　だから彼は、協力者をずっと探していた。しかし彼の夢は、王族の男性が抱くにはあまりにも型破りなものだ。家族や、家族同然に育ったランドルフは素直に受け入れて応援してくれたが、この夢を聞いて戸惑わずにいられる人間はそういないだろう。

　でもレベッカなら、分かってくれる。きっと彼女は自分の夢に共感して、喜んで手を貸してくれる。彼は、そう信じて疑わなかった。何かの運命が彼女を自分に引き合わせてくれたのではないかと、彼はひそかにそんなことを考えていたのだった。

　しかし同時に、彼は心を痛めていた。レベッカは手芸の話や昔話をしている間は楽しそうに笑っていたものの、嫁ぎ先であるホロウでのことが話題に上りかけたとたん、言葉を濁して話をそらしていた。そんな時の彼女は、暗く淀んだ目をしていた。

　きっと本来の彼女は、明るく屈託のない笑顔を絶やさない、日なたに咲く野の花のような女性なのだろう。けれどきっと、ホロウにある何かが、彼女にそんな顔をさせている。

「……どうにも、気になってしまいますね……」

　そうつぶやくと、コーネリアスはぐっと唇を噛みしめた。

第五章　突然のお願い

ホロウの屋敷に戻ってきた私は、真っ先にアレク様のところに向かった。新しい友人たちのことを、報告するために。

しかし彼の部屋の前までやってきて、扉を叩こうとした時、中から大きな声がした。

「いい加減にしろ、アレク！　このホロウ公爵家の跡継ぎたる自覚を持て‼」

それは、お義父様の声だった。驚きに身をこわばらせていたら、別の声がした。

「自覚ならありますよ、父上。この家を存続させるべく血を残し、領地を治める。そういうことでしょう?」

「ええそうよ。だから、奥さんをないがしろにしては駄目なの。分かるでしょう?」

どことなく小馬鹿にしたようなアレク様の声と、なだめているようなお義母様の声もした。

「僕は彼女と結婚したくはなかった。愛する女性がたくさんいるのに、どうして押しつけられた女性を妻として大切にしなければならないんですか」

彼女。それが私のことだと気づいて、身をこわばらせる。そこに、またお義父様の声がとどろいた。

「お前の言うところの『愛する女性』は、どれもこれも我がホロウ家にふさわしくないのだと、何度言ったら理解するんだ！」

それに続いて、ふんと軽く鼻を鳴らす気配。

「それで、父上と母上は彼女を選んだのですね。おとなしそうに見えたから、少し強く言ってやればすぐに出ていってくれるかと思ったんですが……予想外でした」

アレク様は、見事なまでにお義父様を無視していた。

「そんなこと言わないで、あなたたちは夫婦なのよ。互いに助け合って、次の家族を作っていくのだから」

「僕の血を引く子供がお望みなら、別に彼女にこだわる必要もないでしょう。喜んで僕の子を産んでくれる女性なら、いくらでも心当たりがあります。ああそうだ、その子供を彼女に育てさせればいいのではないですか？」

あまりの言葉に、義両親も何も言えなくなってしまったらしい。扉の向こうは、気味が悪いくらいに静まり返ってしまった。

早く、ここを立ち去るべきだ。そう思ったものの、足が動かない。アレク様がさらりと言ってのけた、とんでもない言葉の数々に打ちのめされて。

するを突然、目の前の扉が開いた。

「きゃっ！」

「あ、レベッカ……」

うろたえる義両親の姿が、そこにはあった。二人の肩越しに、奥の長椅子でくつろいでいるアレク様の姿も見える。

「なんだ、立ち聞きしていたのか？　趣味が悪いな」

言いたいことは、たくさんあった。聞きたいことも。

「……今日、新しく友人ができました。夫であるアレク様にお話ししておこうと思って、こちらに寄ったんです」

そういったあれこれを全部呑み込んで、ただそれだけを告げた。少しも動揺していないのだと、そう主張するように。

精いっぱい優雅なお辞儀をして、その場を立ち去る。教師が見たら間違いなく褒めてくれるだろう、お手本のような動きができていたと思う。けれどそのことが、少し空しかった。

◆◆◆

それから数日の間、まるであんな一幕があったのが嘘だったかのように、アレク様は以前と同じようにふるまい続けた。私も暗い気持ちを押し込めて、いつも通りの日々を過ごしていた。空いた時間に、コーニーのためのぬいぐるみを作りつつ。

ロージーに贈ったものとは少し形を変えて、刺繍にもこだわった。小さなぬいぐるみは、あっという間にできあがった。あとはこれを持って、二人のところに向かうだけ。

それだけなのに、どうにも気が進まなかった。馬車を用意してもらって、身支度をして、アレク様や義両親に一言断って出かける。ただ、それだけなのに。

その理由は、分かっていた。先日のアレク様の言葉が胸に刺さって、どうにも苦しくてたまらなかったから。

こんなもやもやした気持ちのまま二人と顔を合わせたら、きっと大いに心配させてしまう。あの優しく暖かな場所に、こんな気持ちは似合わない。そんな考えが、私をずっと引き留めていたのだった。

◆◆◆

オーンブルの別荘に、もう一度向かう。ただそれだけの決断ができないまま、一週間ほどが過ぎてしまった。そんな、ある日の昼過ぎ。来客だと知らされてホロウの屋敷の玄関に向かった私は、思いもかけないものを目にすることになった。

「ごきげんよう、レベッカ」

そこにいたのは、ロージーだった。彼女は前と少しも変わらない、天真爛漫な笑みを浮かべていた。

「……ロージー……？」

彼女はちょこちょこと歩み寄ってくると、可愛らしい唇を尖らせて私を見上げてきた。

「あれ以来顔を見せてくださらないから、寂しかったですわ」

「ご、ごめんなさい。少し、忙しくしていて……」

うろたえる私の腕にそっと触れ、彼女はにっこりと笑った。

「ええ、そんなことだろうと思いましたわ。ですから、こちらから会いにきてしまいましたの」

そうしてそのまま、私を引っ張っていく。彼女が乗ってきた馬車のほうへ。

「お兄様が、あなたに会いたくてそわそわしていますの。ほんの少し、お時間をくださいな」

「わ、分かったから、ちょっとだけ待って！　今、支度を整えてくるから」

このままだと、引きずってでも馬車に乗せられてしまいそうだ。あわててそう言い、いったん屋敷に戻っていく。久しぶりに、大きな笑みが浮かぶのを感じながら。


「ああ、レベッカ……またお会いできてよかった」

オーンブルの別荘、その応接間で、コーニーが私を待っていた。それもそわそわと、部屋の中をうろつきながら。彼は私の顔を見るなり、ほっとしたようにふんわりと微笑む。

「お兄様、ずっとレベッカのことを待っていたんですのよ」

ロージーのそんな指摘に申し訳なく思いつつも、胸が温かくなるのを感じる。

「ごめんなさい、少し、忙しくしていて……でも、約束していたぬいぐるみはちゃんと作ってありますよ」

椅子に腰を下ろして、ニワトリのぬいぐるみをコーニーに差し出した。ロージーに贈ったものより一回り大きな、おそろいのものだ。

「ああ！　これは……！」

すると彼は両手でぬいぐるみを掲げ持ち、陶酔したような目つきでぬいぐるみを見つめ始めた。

「一見すると地味なのに、この翼のところの刺繍、かなり手がかかっていますね……ああ、こんな刺し方もあるのですか……」

　本当に、コーニーは手芸のこととなると人が変わる、不思議な人だ。微笑ましく思いながら見守っていたら、彼はぬいぐるみをそっと脇のテーブルに置いた。そしてこちらに身を乗り出し、私の両手をしっかりと握ってくる。

「こちらのぬいぐるみをいただいて、確信しました。私がずっと探し求めていたのは、レベッカ、あなただったのだと」

　とろりと甘い笑みを浮かべて、まるで愛の告白のように彼はささやく。あまりのことに、頭が真っ白になるのを感じた。彼の美しい緑色の目から、目が離せない。頬が熱い。

「あ、あの……」

　ろくに何も言えずに呆然としていたら、ロージーのくすくす笑いが聞こえてきた。

「お兄様ったら、いきなりそんなことを言われたら誰でも驚きますわ。落ち着いてくださいませ」

　それを聞いたコーニーが、きょとんとした顔になる。それから、くしゃりと笑った。さっきの甘い笑みとは違う、無邪気で人の目を惹きつける笑みだった。

「ああ、うっかりしていました。ようやく見つけたと思ったら、嬉しくて……つい」

　彼は私の手を放すと、もう一度きちんと椅子に座り直す。そうして、こちらに向き直った。

「実は、折り入ってあなたにお願いがあるんです。……少し長い話になってしまうのですが、付き合っていただけると嬉しいです」

そうして彼は、ゆったりと語り出した。小さな頃からの、彼の思いについて。

幼くしてドレスに魅了された彼は、自分の手で、この上なく美しいドレスを作り上げたいと夢見るようになった。服飾について学び、裁縫を練習し、デザインについて試行錯誤しながら。

そこまで聞いたところで、ふとあることが気になった。ロージーに視線を向け、そっと尋ねる。

「……もしかして、ロージー、このとびきり可愛い服は……」

「こちらは手持ちの服を、お兄様に改造してもらったものですわ！　ふふ、素敵でしょう？」

その言葉に、思わず身を乗り出した。そのまま、ロージーの服をじっと見つめる。透ける布を服に留めつけているのは、とても丁寧な、整った針目だ。

「まあレベッカ、これがそんなに気になるんですの？　ふふ、あなたの刺繍を見ている時のお兄様と、そっくりの目つきをしていますわよ」

ロージーの笑い声に、はっと我に返った。

「え、ええ。だってこの縫い目、とっても美しくって……」

すると、コーニーがちょっぴり照れたような顔で軽く会釈してくる。

「お褒めいただき、ありがとうございます。……見ての通り、裁縫の腕については徐々に上達していきました。ただ、ドレスのデザインについては難航していたんです」

美しいドレス。そう聞いた時、ほとんどの人はフリルとレースと宝石でいっぱいの、とても華やかなものを思い浮かべるだろう。私もそうだ。

でもコーニーは、これは違う、と思うようになった。自分が夢見ているドレスは、そういった

ものではない、と。

「けれどある日、ふと気づいたんです。従来のドレスの形にとらわれる必要はないのだと。私が美しいと思ったものを、素直に表せばいいのだと」

力強くそう言っていた彼が、ふと自信なげに視線をさまよわせた。

「ただ……その結果、私がデザインしたドレスはかなり風変わりなものになってしまったんです」

風変わりなドレス。どんなものだろう。ロージーの服もちょっと変わった感じだけれど、それ以上に愛らしさが勝っている。あんな感じなのかな。

「ドレスを作るにあたって、お針子たちに手伝ってもらったのですが、彼女たちは普通のドレスを作り慣れているからか、戸惑ってしまって本来の実力を発揮できずにいたんです」

お針子たちですら、戸惑ってしまわずにはいられないようなドレス。ちょっと気になる。

「けれどこれこそが、私が夢見たドレスなのだと、そう確信していました。何が何でも、このドレスを完成させたいと強く願わずにはいられませんでした」

そんなことを考えている間も、コーニーは熱心に語り続ける。

「仕方なく、私は自分の手でドレスを作ることにしました」

しかしそこで、彼は急にしょんぼりした顔になってしまった。

「でも、あと一歩のところで行き詰まってしまったんです」

型紙を作り、布を裁ち、縫い上げて。そこまでは、彼一人でやりとげた。しかし彼のドレスには、どうしても繊細で華麗な刺繍が必要だった。彼も刺繍はできたけれど、望む域には到底達していなかったのだとか。

と、不意にコーニーが立ち上がる。そのまま優雅な足取りで私の前にやってきて、私の手を引いて椅子から立たせた。まるで宝物を扱うかのような、そんな手つきだった。

「ですがこうして、あなたが私の前に現れてくれた。あなたならきっと、私がずっと夢に描いていたドレスを完成に導いてくれる」

鮮やかな緑色の目にこいねがうような色を浮かべて、切なげな声で彼は訴えかけてくる。

「こんなことをお願いするのは図々しいと、分かってはいるのです。けれど私には、あなたが必要なのです。どうか、力を貸してはもらえませんか……？」

彼のひたむきな視線が、あまりに熱くてまぶしい。思わず視線をそらして、考え込む。

コーニーのドレスに、私が刺繍を施す。そうして、この上なく美しいドレスを作り上げる。それはとても甘美な、聞いているだけで心が震えるような提案だった。

いつもの自分からは想像もつかないくらいに、力強い声が出てきた。

「……やります。私の腕を見込んでくれた、その思いに応えたい」

コーニーの整った顔に、驚きと喜びが広がっていく。

「それに、あなたが夢に見たドレスを、私も見てみたいです」

言い終えたとたん、コーニーが歓喜の声を上げた。

「ありがとうございます！　ああ、こんなに嬉しいことがあるでしょうか……まるで、夢を見ているようです」

そう叫んで、彼は私をぎゅっと抱きしめてしまう。よかった、ありがとう、そんな言葉を繰り返しながら。あふれる喜びに突き動かされているかのように。

一方の私は、何も言えずに固まっていた。家族以外の男性にこんな風に触れられたのは初めてで、どうしていいのか分からない。

優しい温もりと、見た目よりも力強い腕。落ち着いた香りが、ふわんと鼻をかすめる。大いに戸惑いながらも、ひどく心地いいと感じてしまう。

結局私は彼を振り払うこともできずに、ほんのりとした後ろめたさのようなものを感じながら、ただじっとしていたのだった。見かねたロージーが、笑顔で口を挟んでくれるまで。

湖の別荘にて　四

その日の夜、オーンブルの別荘の一室に、テーブルを囲んで話す三人の人影があった。

「それでは、無事にレベッカ様の協力は得られることになったのですね」

テーブルの上に置かれた二つのぬいぐるみを眺め、ランドルフが感心するように目を見張っている。そんな彼に、コーネリアスはどこか重々しい表情で答えた。

「ええ。……それで、ホロウ家についてはどうでしたか？」

「……ひどいものです」

ランドルフが一転して、暗い表情になる。彼はコーネリアスに頼まれて、ホロウ家の内情を探っていたのだった。

コーネリアスは王太子ではあるが、人前にあまり出てこないため貴族たちの噂については詳しくない。それにホロウ家は公爵家ではあるが、王家との結びつきはあまり強くない。そんなこともあって、彼らはホロウ家についてはさほど情報を持っていなかったのだ。

「現当主である公爵とその妻は、一人息子であるアレク様のことをひたすらに甘やかし続けてきました。そんなこともあって彼は、わがまま放題に育ちました」

ランドルフはかすかに眉間にしわを寄せ、ゆっくりと語っていく。

「やがて彼は女遊びを覚え、どんどんのめり込むようになり……そしてその噂が、上位の貴族たちの間に広まったようです。そんなこともあって、彼の結婚話は中々まとまらず……公爵夫妻がふさわしい女性を必死に探した結果、レベッカ様が選ばれたようです」

ロザリンドは無言で、目を真ん丸にしていた。コーネリアスも黙ったままだったが、その手は強く握りしめられている。

「しかしその後も、彼の行いは改まることなく……レベッカ様はいわゆる『お飾りの妻』と呼ばれる状況に置かれています」

そこまで語られたところで、ロザリンドが勢いよく立ち上がった。

「そんな駄目息子、家から叩き出してやればいいんですわ！　跡継ぎでしたら、養子でも何でも取ればいいでしょうに！」

「俺もそう思いますよ、ロザリンド様。ですが公爵夫妻は、アレク様に対して強く出ようとしていない。説教はするものの、それが口先だけのものだとアレク様に見抜かれてしまっているのです。結局、レベッカ様の頑張りに公爵夫妻は甘えてしまっている、それが現状です」

ランドルフが淡々と答えた。そうして、部屋に沈黙が満ちる。ロザリンドは怒りをこらえているかのようにぎゅっとこぶしを握りしめていたが、その目元には薄く涙が浮いていた。ランドルフは目を伏せ、静かに宙を見つめている。

「……その気になれば、私は彼女をあの家から救い出すことができるでしょう」

やがて、コーネリアスが低い声でつぶやいた。いつも柔らかく穏やかな彼は、鋭く険しい目で窓の外を見すえていた。

「けれどそれは、おせっかいになってしまうかもしれません。もしかしたら彼女は、アレク殿とやり直していくことを望んでいるのかもしれませんから」

そう口にしながらも、彼はちくりと胸が痛むのを感じていた。けれどその痛みの正体を、彼はうまくつかめずにいた。

「ですから今は、ただ彼女を見守ることにします。けれど」

そんな困惑を押し込めて、彼は穏やかに言う。

「もし彼女が、助けを必要としていたら……その時はためらいなく、手を差し伸べます」

いつもと同じように微笑む彼の目は、しかしとても真剣な光をたたえていた。

「止めないでくださいね、ロザリンド、ランドルフ」

彼の言葉に、二人は静かにうなずいていた。

第六章　夢に見たドレス

コーニーの熱意にほだされて、私は彼のドレス作りに手を貸すことにした。

義両親にそのことを打ち明けると、二人は最初こそ驚いていたものの、私がオーンブルの別荘に通うことを快く承諾してくれた。「君は普段とてもよく頑張っているし、息抜きも必要だろう」「前にあなたがドレスに縫い取った刺繍、素敵だったわ。きっと、素敵なドレスができるわね」と、そう言ってくれたのだ。

二人に認めてもらえた嬉しさと、二人の本当の期待に応えられていない申し訳なさを感じながら、深々と頭を下げた。

アレク様は私が何をしようと、やはりどうでもいいようだった。「だからどうして、わざわざ報告しにくるんだ?」「なんなら、そのまま帰ってこなくてもいいよ」という投げやりな言葉だけが飛んできた。本当に、刺繍をしにいくだけですから。ちゃんと戻ってきますから。そう懸命に訴えたけれど、彼は上の空だった。一度も、私のほうを見ようともしなかった。

ホロウの人々への説明を終えて、オーンブルの別荘に向かう。笑顔で出迎えてくれたコーニーとロージーに、別荘の奥へと連れていかれた。コーニーは私の右手を取って、ロージーは私の左手をしっかりつかんで。

たどり着いたのは、おそらく遊戯室だと思われる部屋だった。貴族の男性たちが談笑しながら、カードゲームなどに興じる部屋だ。

ところがそこには、この場には全くそぐわないあれこれ、しかし私にとってはとても見慣れたものがずらりと並んでいた。

大きなテーブルの半分には、何かが書きつけられた紙束や、裁断された布が積み上げられている。それらの隣には、蓋が開いたままのバスケットも置かれている。バスケットの中身は、どうやら使い込まれた手芸道具だ。見ているだけでわくわくする。

そしてテーブルの周囲には、折りたたんだ布をぎっしりと載せたワゴンや、縫いかけのドレスが着せかけられたトルソーなども並んでいた。

これではまるで、手芸用の作業部屋だ。ぽかんとしたまま部屋の中を見渡す私に、二人は楽しげに話しかけてくる。

「大きな屋敷であれば、お針子の仕事部屋もありますが……ここはなにぶん、小さな別荘ですので。まず使わないであろう遊戯室を、こうして作業部屋にしているんです」

「お兄様は愛用の道具と布を、この部屋に運ばせたんですのよ」

そう説明したロージーが、不意に声をひそめる。

「……ちなみにここにあるのは、お兄様の持ち物のほんの一部ですわ。いつも暮らしている屋敷には、お兄様の布をしまう部屋が二つ、リボンやレースをしまう部屋が一つ、ビーズをしまう部屋が一つあるんですの。もっとも、まだまだこれからも増えますわ」

彼女の表情には、ほんの少しだけ呆れたような色があった。

「布、増えてしまいますよね……気に入った布を見かけると、どう使うか考えるより先に買ってしまって……」

ついそんな本音をもらすと、コーニーがばっとこちらに向き直った。

「分かってくれますか！　そうなんです、今手に入れないともう二度と巡り合えないかもしれないと思ってしまったら、買い求めずにはいられないんです」

「それに、ビーズなんかも……買ったのはいいけれど、もったいなくて使えなくて……そうしていたら、自然と貯まっていってしまって……」

「ありますよね。このビーズを一番活かす使い方は何だろう、と考えたら、中々使えなくなってしまうんです」

思わぬ意見の一致が嬉しくてコーニーとはしゃいでいたら、ロージーが苦笑交じりに口を挟んできた。

「ふふ、お兄様。レベッカをここに呼んだ目的をお忘れではなくって？」

「あ、そうでした。思わぬところで話が合ったのが、嬉しかったもので。……レベッカ、少し待っていてください」

コーニーは弾かれたように私の手を離すと、いそいそとテーブルに歩み寄った。そこに置かれた紙束の中から一枚の紙を取り出し、また戻ってくる。それからはにかむような表情で、その紙をこちらに差し出してきた。

「こちらが、例のドレスのデザイン画です。……実は、このデザイン画を家族以外に見せるのは、あなたで二人目でして……」

「お兄様って、恥ずかしがりなんですの」

その一人目って誰なのだろう、などということがつい気になってしまう。けれどそんな思いも、そのデザイン画を目にしたとたん吹き飛んでしまった。

ドレスにも、流行りすたりというものがある。そして現在一般的なドレスは、胸から腰まではぴったりと体に寄り添い、反対にスカートは思い切り広がった、とにかく華やかなつくりのものだ。あちこちにフリルやレースを飾りつけた、砂糖細工の載ったお茶菓子のようなその姿は、とても甘く愛らしい。色も華やかで、金糸や銀糸を惜しみなく用いてきらきらとしたものに仕上げることが多い。

しかしコーニーがデザインしたドレスは、そういったものとはまるで違っていた。

柔らかな薄桃色の布が胸元をゆったりと覆い、胸のすぐ下で軽くすぼまっている。そしてそこから足首の辺りまで、緩やかなひだをとった細身のスカートがしなやかに流れ落ちていた。まるで開き始めた花のつぼみみたいだなと、そんなことを思う。

袖は短くふわりとしていて、襟ぐりや袖口にはレースがあしらわれる。まるでカスミソウのブーケのような、とても繊細で可愛らしいレースだ。

そして彼は、このドレスをたくさんの優しい色で彩ろうとしていた。空の青、木々の緑、花々の黄や桃色。染めた生地をドレスに仕立て、その上から様々な刺繍を施すことで、より微細な色の移り変わりを表現しようとしているらしい。これは確かに、かなり高度な技術が必要になりそうだ。

「……思い切ったデザインですね。従来のものとは、全く違っていて……」

デザイン画を見つめたまま、独り言のようにつぶやく。と、コーニーが私のすぐ横に立ち、同じようにデザイン画をのぞき込んできた。

「今流行っているドレスは、人の手で大切に育てられた、豪華そのもののバラの花に似ています。シャンデリアの幻惑的な明かりによく映える、そういったものです」

二人一緒にデザイン画を見ながら、彼の言葉に耳を傾ける。

「けれど私が思い描いているドレスは、むしろ控えめで、儚げで……それでいてあふれんばかりの輝きに満ちた、そんなものなのです。言うならば、晴れた草原でひっそりと咲く一輪のスミレの花のような、不思議と目を惹きつける繊細な美しさを備えたもの……」

コーニーは懸命に、言葉を紡いでいる。風変わりだけどとても美しいこのドレスをうまく言い表す言葉が見つからないのか、どことなくもどかしそうだった。

「……色とりどりの花畑を、湖を渡るそよ風を、小鳥たちの愛らしい声をそのまま写し取ったような、そんなドレス。そんなものを作り上げたいと、そう思っているんです」

その言葉を聞いて、納得した。このドレスのデザイン画は、どことなくそんな風景を思わせる。そして同時に、このドレスを実際に見てみたいという、そんな強い思いがこみ上げてきた。

「このドレスはきっと、とても素晴らしいものになると思います。私も、完成したところを見てみたい……そのために、精いっぱい頑張ります」

少し緊張しながら、そう答える。刺繍は得意だし、自信もある。けれどとびきり美しいデザイン画を目にして、さらにコーニーのただならぬ熱意を実感したからか、ちょっぴりその自信が揺らいでしまったのだ。

そんな私の思いを感じ取ったのか、コーニーがにっこりと笑いかけてきた。

「ふふ、ありがとうございます。あなたがそう言ってくれるのであれば、心強いです」

彼の言葉は、すとんと心の中に落ちてくる。じんわりと温かく、私を元気づけてくれた。それと同時に、胸が妙にくすぐったくなってしまう。

「あ、あのっ、コーニーはとても絵が上手なのですね……このデザイン画、飾っておきたいくらいに素敵で……」

動揺をごまかすように、とっさにそんなことを口にする。ただそれは口からのでまかせではなく、掛け値のない本心だった。

ありふれた紙に、鉛筆と水彩絵具でさらりと描かれたドレスの絵。その上からたくさんの書き込みがされているにもかかわらず、それはとても美しいものだったのだ。

そして私の言葉を聞いたコーニーは、頬をちょっぴり染めて言葉を返してきた。

「ありがとうございます。綺麗なものを少しでも留めておきたくて、子供の頃から見様見真似で色々なものを描いていたのです。こうして褒めてもらえると、嬉しいですね」

彼のその純粋な子供のような反応に、さらに戸惑ってしまう。決して嫌ではないのだけれど、何だかそわそわする。

結局私たちは、そのまましばらく見つめ合っていたのだった。

こうして実際にデザイン画を見せてもらったところで、まずは打ち合わせをすることにした。コーニーはこのドレスの構造について熟知しているけれど、刺繍の技法についてはそこまで詳しい訳ではない。

一方の私は、刺繍についてならかなり詳しいけれど、この風変わりなドレスの型についてはまだよく分かっていない。

なのでまず、お互いの知っていることを話して、すり合わせることにしたのだ。夢のように美しいドレスを、それもたった二人で作り上げるという難題に取り組むにあたって、彼が何をしようとしているのか、私に何ができるのか、それを知っておいたほうがいい。

「ああ、そのような縫い方があるのですね……とても不思議な仕上がりです」

刺繍の様々な技法について説明しながら、私が端切れにあれこれと縫い取っていくと、コーニーは目を丸くして身を乗り出してくる。本当に、彼はこういった事柄に興味があるんだなあと、そう感心せずにはいられない表情だった。

「あっ、この型紙って、ここをこう縫うんですね……こんなやり方、想像もつきませんでした」

そして型紙の構造に首をかしげる私に、コーニーがドレスの構造を説明してくれる。確かに、従来のドレスをたくさん作り続けているお針子たちは困惑せずにはいられない、そんなつくりだった。

そしてロージーは机に両肘をついて、うっとりと私たちを眺めていた。まるで、はしゃぐ弟妹を見守る姉のような顔で。

「お兄様、幸せそうですわ……レベッカのおかげですわね」

彼女は、ドレスそのものにそこまで興味はないらしい。けれどこうやって目を輝かせているコーニーを見守っているのは好きなようだ。出会った時からずっとにこやかな彼女だけれど、いつも以上に楽しげにしている。

そんな二人と一緒にいると、私も自然と笑顔になっていく。本当に、二人に出会えてよかった。胸がふわりと温かくなるのを感じながら、コーニーとあれこれ話し合っていく。まさか男性と、ただひたすらに手芸の話をする日が来るなんて思わなかったなと、こっそりそんなことを考えていた。

あれこれと熱心に話し込んでいたら、あっという間に夕方になってしまった。名残惜しそうな二人に見送られて、またホロウの屋敷へと戻る。義両親はにこやかに出迎えてくれて、アレク様はいつも通りに外出してしまっていた。きっとまた、明日の朝まで戻らないのだろう。

今日は、コーニーととっても楽しく話すことができた。その百分の一、いや千分の一でいいから、アレク様と話せたらよかったのに。そんな思いを抱えつつ、義両親に笑顔で答えた。ただいま戻りました、楽しかったです、と。

◆◆◆

ドレスについての打ち合わせを済ませた私とコーニーは、いよいよ実際の作業に取りかかっていた。二人で話し合って微調整した型紙を元に、コーニーが鮮やかな手さばきで布を裁ち、縫い合わせ始める。

その間私は、ドレスに飾りつける繊細なレースを編むことになった。刺繍ほどではないけれど、レース編みだって結構得意だ。

ただ、コーニーが差し出したレース糸を見た時は、ちょっと身震いしてしまったけれど。

「あの、この糸で編むんですか……?」

とびきりつややかで張りのある、間違いなく最高級の絹糸。これで編んだレースは、とても美しいものになるだろう。ただ、それはそうとして。

「ほ、細い……ですね、この糸……レース糸というより、縫い糸みたいです……」

強く引っ張ったらぷつんと切れてしまいそうな糸を手に取ってまじまじと見つめると、コーニーがしょんぼりとした顔になる。

「あなたでも、これは難しいでしょうか? ……このドレスには、可能な限り細い糸を用いたレースを合わせたいのです。カスミソウの花束のような、綿雲のようなレースで、ドレスを彩りたいのですが……」

「あ、いえ、頑張ってみます。ここまで細い糸を使うのは初めてですが……挑戦しがいがありますし。できるだけ糸を無駄にしないよう、気をつけますので……」

「糸のことは気にしないでください。遠慮なく試し編みをして、最終的に素敵なレースを編み上げることだけ考えてもらえれば、それで構いませんから」

コーニーは、さらりとそんなことを言ってのけた。

……この作業部屋に入った時から思っていたのだけれど、オーンブル伯爵家って、結構裕福な家なのだと思う。イーリスの家も男爵家の割には潤っていたけれど、それでもここまで上等な布や糸をこんなにたくさん集めるのは難しい。しかもそれらの布や糸を、惜しみなく練習に回せるなんて。

ちょっぴり戸惑いつつ、レース糸を受け取って力強くうなずいた。


三人で和やかにお喋りしながら、私とコーニーはせっせと手を動かしていく。そしてロージーは、そんな私たちの作業を楽しそうに見つめている。辺りにはとても和やかな、温かい空気が流れていた。

と、きびきびとした足音が近づいてくるのが聞こえてきた。メイドたちのものとも、使用人たちのものとも違う、とても力強い音だ。

誰だろう、と思ったその時、がっしりとした赤毛の青年がいきなり作業部屋に入ってきた。

「コーニー、荷物が届いてるぞ。……おや、客人か。珍しいな」

なぜか大きな木箱を肩に担いだ彼は、私を見て目を見張っている。編みかけのレースを大机に置いて、立ち上がって会釈した。

「レベッカ・ホロウと申します。コーニー様のドレス作りをお手伝いすることになりました。どうぞ、よろしくお願いいたします」

するとも男性はちょっと驚いたような顔で、グレイ男爵家のランディと名乗った。

「堅苦しいのは苦手だから、ランディとだけ呼んでくれ。俺とコーニーは、子供の頃からの友人なんだ」

その言葉に続けるようにして、コーニーとロージーが口々に言う。

「彼は私たちにとって、友人であり、兄のようなものなのです」

「ちょっと口うるさいのが、玉に瑕ですの。好き嫌いをするな、とか、夜更かしをするな、とか」

兄というより母親みたいだなと、こっそりそんなことを思う。幸い私の引きつった笑顔はランディに気づかれなかったらしく、彼は担いでいた木箱を部屋の真ん中にどんと置いた。

「メイドたちがワゴンに載せようと苦戦していたから、俺が持ってきた」

「あら、刺繍糸ですのね！　それも、こんなにたくさん！」

木箱の中からは、引き出しのたくさんついた箱がいくつも出てきた。引き出しを開けて、ロージーが騒いでいる。

その中には、色とりどりの刺繍糸が、小さな束に分けられてしまい込まれていた。レース糸と同様、これも最高級品のように思える。これで刺繍をしたら、どれほど美しいものができるだろう。その様を想像しただけで、胸が高鳴る。

うっとりと刺繍糸を眺めていたら、すぐ隣でコーニーの声がした。ちょっぴり浮かれている。

「レベッカが思う存分刺繍をできるように、実家に置いてきた分の刺繍糸を全部送ってもらったんです。足りなければさらに買い求めますから、遠慮なく言ってくださいね」

「た、たぶんこれだけあれば、大丈夫だとは思いますけど……」

「最高のドレスを作るためなんですから、材料を惜しむつもりはありませんよ」

美しい刺繍糸を前にコーニーと話し込んでいたら、ランディがふとつぶやいた。

「コーニー、彼女がお前の探していた、ドレスのための協力者……で合っているか？」

するとコーニーが、彼のほうを勢いよく振り返る。

「その通りですよ！　見てください、彼女が今編んでいるレースを。少しの乱れもなく、とても繊細で……これなら、あのドレスにぴったりです！」

「……そうだな。確かにこれなら、お前が夢に描いていたあのドレスにも合いそうだ」

ランディの返答に、一瞬遅れて理解する。コーニーの夢のドレスについて知っているということは、彼こそが『あのデザイン画を見た、家族以外の最初の一人』なのだろう。コーニーもロージーもとても親しげにしているし、それも納得だ。

そんなことを考えていたら、ランディがふっとこちらを見た。

「レベッカ、コーニーをよろしく頼む。こいつがあのドレスにどれだけ情熱を注いできたか、行き詰まってどれほど悩んできたか、俺は知っている」

そうして彼は、軽く頭を下げた。

「だからどうか、コーニーの力になってやってくれ」

彼の言葉に、思わずコーニーを見る。コーニーははにかむような、くすぐったそうな笑みを浮かべていた。

「はい、もちろんです！」

ためらうことなく、そう答える。すると三人が同時に、大きな笑顔で応えてくれた。うまく言葉にできない温かな気持ちが満ちていくのを感じながら、こくりとうなずいた。

「ねえねえランドルフ、レベッカは素敵な女性だったでしょう？」

その日の夕食後、オーンブルの別荘でロザリンドが声を上げた。ゆっくりと食後の茶を口にしていたランドルフが、ティーカップを置いてうなずく。

「はい。今まで彼女についての噂も色々と集めていましたが、本人はさらに可憐で、ひたむきな方でしたね。身のこなしも洗練されていて、とても男爵家の出とは思えません」

昼間にレベッカと話していた時とはまるで違う口調で、ランドルフはきびきびと話している。

「俺にはレース編みの良し悪しは分かりませんが、彼女が編んでいたものはとても繊細で美しいと、そう感じました」

そう答えて彼は、小さくため息をついた。

「ただ、初対面のふりをするのは大変でした……実際に彼女と顔を合わせるのは初めてとはいえ、今まで彼女についてあれこれ調べてきましたから。コーネリアス様から彼女のことを聞いていた、ということにしようかとも思いましたが、それはそれでぼろが出そうでしたので」

「ふふっ、今のランドルフは、『コーニーお兄様のお友達』ということになっていますものね」

「はい。『たまたまここを訪ねてきて、友人の客人に偶然出くわした』という設定です」

ロザリンドの言葉に苦笑しながらうなずいていたランドルフが、ふと愉快そうに目を細めた。

そうして、ちらりとコーネリアスを見る。

「……それはそうと、コーネリアス様が妙齢の女性とあんなに仲睦まじくしておられるのは初めて見ました。ドレスという共通の話題があるとはいえ、こうも早く打ち解けられるとは」

「お兄様って、奥手なんですのよねえ」

「好意を寄せられることは多々あれど、いつも女性たちをやんわりと遠ざけてしまわれて……」

いつの間にか、ランドルフとロザリンドがすっかり盛り上がってしまっている。それをぽかんとしながら聞いていたコーネリアスが、さっと頬を赤らめた。

「あ、あの、二人とも。そろそろ、それくらいにしてはいただけませんか？」

「もうお兄様ったら、昼間はあんなにレベッカにべったりでしたのに」

そんなロザリンドの反論に、コーネリアスは目を丸くして、それからたしなめるように言い返した。

「ロザリンド、彼女はアレク殿の妻なのですよ。私はあくまでも、ドレスを作るために彼女をここに呼び、同じ時間を過ごしているだけなのですから」

その凛々しい表情は、あくまで自分と彼女は友人でしかないのだと、そう宣言しているようだった。けれど次の瞬間、彼は何かを思い出したかのようにふわりと目元を緩める。

「……ああ、でも」

そうしてコーネリアスは、ひときわ優しい声で語った。

「今日彼女は、一度も暗い顔をしていませんでした」

はっとするロザリンドやランドルフには目もくれず、彼は思いのたけを口にしていく。

「私にできるのは、ただドレスや裁縫の話をして、一緒に作業をすることだけですが……それが彼女の気晴らしになっていたのなら、とても嬉しいです」

そう言ってほうと息を吐くコーネリアスは、この上なく幸せそうな笑みを浮かべていた。ロザリンドも、そしてランドルフも、今までに見たことのない表情だった。

第七章　努力は実を結び

毎日のように、私とコーニーはせっせと手を動かし続けた。少しずつドレスの形が見えてきたし、愛らしいカスミソウのようなレースも、そろそろ必要な分が編み上がりそうだ。

「とても順調ですね、レベッカ。……一人で黙々と作業をしているよりも、こうして誰かと一緒のほうが楽しいですし、はかどります」

「私も、同じようなことを感じていました。このレース、いつもよりずっとうまく編めた気がします」

そんなことを言い合いながらくすくすと笑っていたら、すぐ横からロージーのふてくされたような声がした。

「……わたくしだけ、仲間外れですわ……お兄様とレベッカが仲良くしているのは素敵だなって思いますけど、でもやっぱりちょっと寂しいですわ！」

「だったらロージーも、何か作ってみる？」

彼女は今までずっと、針仕事に興味はなかったのだとか。「自分でわざわざ作らなくても、お兄様に頼めば、すぐにとびきり素敵なものが手に入りますもの」というのが、彼女の主張だった。

「やりますわ！　レベッカ、教えてくださいまし！」

ロージーは身を乗り出して、目を輝かせている。それを見て、コーニーが複雑そうな顔をした。

「私が以前、よければ教えましょうかと言った時は、全力で首を横に振っていたのに……」

「お兄様は凝り性ですから、針目がどうとか色合わせがどうとか、大変なことになりそうな気がしますのよ。わたくしは気軽に、楽しく針仕事を覚えたいんですの」

「ああ、それは……確かに、そうですね。私は熱中するとつい、我を忘れてしまいますから……」

ちょっぴり気まずそうな表情で、コーニーが視線をそらす。とても熱心に、そして生真面目に針仕事を指導しているコーニーと、ちょっぴりうんざりしているロージーの姿がありありと浮かんでしまって、顔が緩んでしまう。

「あらレベッカ、どうしましたの？」

「ええと、何でもないの。そうね、何にしようかしら……」

ごまかすように、立ち上がって作業部屋の中を見渡す。と、コーニーが声をかけてきた。

「レベッカ、そこのワゴンの布は好きに使ってくださって大丈夫ですよ。全部、端切れですので」

コーニーが指し示したワゴンには蓋のない木箱が載っていて、その中には色とりどりの布がたくさん入っている。やはり思わず欲しくなってしまうような、上等な布ばかりだ。

「ロージー、どれか使ってみたい布はある？　こういうのってやっぱり、気に入った布を使うのが一番楽しいから」

私の呼びかけに、ロージーがとことこと寄ってくる。そうして、箱の中を真剣な目で見つめ始めた。

「そうですわね……こっちの赤くてつやつやの布もかっこいいですし……この淡い紫の薄い布も可愛らしいですわ……あっ、この黄色も素敵！」

彼女は木箱に小さな手を突っ込んで、次々と布を取り出していく。それから、途方に暮れたように天を仰いだ。

「……どうしましょう、一枚だけなんて、とても選べませんわ……」

「だったら、パッチワークにしてみましょうか。実際にやってみるから、そばで見ていて」

私も数枚布を手にして、元の席に戻る。

「こうやって布を細かく切って、つなぎ合わせていくの。布の切り方や組み合わせ方でがらりと雰囲気が変わるから、奥が深いのよ。できあがったら巾着袋や壁掛けなど、色んなものに加工できるし」

そう説明しながら、布を切って縫い合わせていく。ロージーは私のすぐ隣に張りついて、食い入るようにして私の手元を見ていた。

「ああ、やはり見事な手際です……なんて美しい針さばきでしょうか……」

それはいいとして、なぜかコーニーまでもが私のそばに寄ってきて、じっと手元を見つめていた。自分の作業を、一時中断してまで。

「コーニー、どうしたんですか？」

「あなたが縫うところを、近くで見たくて」

間髪容れずに、彼は答える。

そういえば、彼の前で縫い針を使うのはこれが初めてのような。一緒にドレス作りに取りかかってからは、ずっとレースを編んでいたし。

「少しだけドレス作りは休憩して、二人でロージーに針仕事を教えるのはどうでしょう。……せっかくなので、あなたが縫っているところをもう少し見ていたいんです」

「私の針仕事なら、じきにたくさん見られますが……レース編みが終わったら、いよいよ刺繍ですし……」

「はい、分かっています。でも私は、今あなたと一緒に裁縫がしたくなったんです」

まるで子供のように、しかしちょっと変わったことをねだってくるコーニー。その姿が何とも微笑ましくて、笑顔でうなずいた。


今度は三人で、楽しく騒ぎながら思うまま布を縫い合わせていく。ロージーはきゃあきゃあと騒ぎながら、生まれて初めての針仕事を楽しんでいた。初めてにしては、かなり筋がいい。さすがはコーニーの妹、といったところかな。

そして私の目は、すぐそばで小さな布をはぎ合わせているコーニーの手元に自然と吸い寄せられていた。ちくちくと布に針を刺してすっと引っ張り、また刺す。ついつい見とれてしまうくらいに規則的で、美しく素早い動きだった。

「……ここまで見事に針と糸を扱える男性がいるなんて、思いもしませんでした」

素直な感想を口にしたら、コーニーがいたずらっぽく笑った。

「ふふ、お褒めいただきありがとうございます。ですがドレス職人には、男性も多いですよ？」

「あ、ああいった職人の方々は、それでお金を稼いで暮らしていますから……」

彼の笑みに思わずどきりとしながら、あわてて言葉を返す。

「でも貴族の男性は、針を持つこと自体かなり珍しいです。まして、ドレスを縫うなんて」

「そうですね、自分でも珍しいと思います。……ねえレベッカ、もし私が貴族でなかったなら、職人になれたでしょうか？」

するると彼は、さらに楽しそうに尋ねてきた。期待にきらめく緑の目を見返して、大きくうなずく。

「はい！　間違いなく一流の、評判の職人になっていたと思います」

「あなたにそう言ってもらえて、とても嬉しいです。ふふ、ありがとう」

そんなことを話していると、ロージーが楽しげに口を挟んできた。

「レベッカだって、とびっきりのお針子になれますわ。お兄様とレベッカが力を合わせれば、ドレスのお店を開くことだってできますわね！　それこそ、王都でだって！」

「ふふ、それは素敵ですね。ロージーはお客様でしょうか、それとも受付の看板娘でしょうか」

「いいえ、わたくしはお針子見習いがやりたいですわ！」

とっても楽しそうな二人のお喋りを聞いていると、こちらまで笑顔になってしまう。あり得ない未来ではあるけれど、そんな風に生きるのもいいな、などと思えてしまうのだ。

この二人といると、とても居心地がいい。のんびり針を動かしながら、そっと胸の中で感謝の言葉をつぶやいた。

◆◆◆

ドレス作りは、とっても順調だった。あっという間に、時間が過ぎていった。ロージーと出会ったあの日、とても澄み渡っていた秋の青空は、いつしかくすんだ初冬の曇り空に変わっていた。レースを編み終えた私は、いよいよ刺繍に取りかかっていた。その向かいで、コーニーは細かな装飾のパーツを作っている。せっせと縫い続ける私の手元を、コーニーとロージーはうっとりと眺めていた。

そんな経験が私に自信をくれたのか、自然とホロウでの暮らしにも前向きになれていた。礼儀作法などの勉強にもより力が入ったし、義両親と礼儀正しくお喋りする時間も増えた。つれないアレク様に追い払われつつも、毎日頑張って話しかけた。

きっと、客観的に見れば私の生活はさほど変わっていないのかもしれない。でも私の気持ちは、はっきりと変わっていた。この調子で頑張っていけば、いつかは幸せをつかめるかもしれない、と。根拠なんてないけれど、そう思えていた。

「私がお茶の席に、同席……ですか？」
そんなある日、お義母様からそんな話を持ちかけられた。

「そうなのよ。遠くに嫁いだ旧友が、久しぶりにこちらに戻ってくるの。せっかくだから、私たち夫婦と彼女たち夫婦で、仲良くお茶にしようってことになって」

どうしてそこに、私が同席することになるのだろうか。かしこまっていたら、お義母様は朗らかに微笑んだ。

「友人にあなたの話をしたら、ぜひ会ってみたいって言い出したのよ」

「でも、そんな場にお邪魔して大丈夫でしょうか……大切なご友人に、万が一そそうをしてしまったら……」

公爵夫人の友人というからには、当然その方も上位の貴族で、礼儀作法などについてもうるさいだろう。私がしくじってしまったら、私を見込んでくれた義両親の顔に泥を塗ってしまう。

「あなたはここに嫁いできてから、とっても頑張っていたわ。最初は色々とぎこちなかったし、失敗も多かったけれど……すっかり立派になった。教師たちも、もう一人前の淑女だって太鼓判を押していたわ」

ためらう私にそう言って、お義母様はふっと目を細めた。

「だから、自慢させてちょうだい？　あなたは私の、自慢の娘なのよって」

「お義母様……」

胸がじんとしてしまって、何も言えない。ちょっぴり目が潤むのを感じながら、それでも頑張って優雅にうなずいた。

そうして、お義母様の友人がやってくる日になった。義両親と私の三人で、お義母様の友人夫妻を出迎える。

最初のうち、義両親はアレク様にも同席するよう言っていた。けれど案の定、彼はその願いをぴしりとはねつけてしまったのだった。しかもそれから今日までずっと外泊続きで、一度も屋敷に戻ってこない。もう二週間近くになるけれど、どこを渡り歩いているのかすらつかめない。

お義父様はかんかんだったけれど、無理やり連れてきて場の空気を台無しにされても困るからと、結局アレク様のことは放っておくことにしたようだった。

ご友人はお義母様と嬉しそうに抱き合い、その隣ではそれぞれの伴侶が礼儀正しく言葉を交わしている。これって、内輪の親密な集まり……ってことでいいのかな。だったら……。

「はじめまして、お客様方。レベッカ・ホロウと申します。どうぞよろしくお願いいたします」

礼儀正しく、けれど堅苦しくなり過ぎないよう注意して、ゆったりとお辞儀をする。緊張にどきどきしながら顔を上げると、満面に笑みを浮かべる友人夫妻と目が合った。

「まあ、話には聞いていたけれど、本当に可愛らしいお嬢さんね」

「男爵家からはるばるホロウへ嫁いできたとは思えない、堂々たる立ち居ふるまいじゃないか。どこぞの姫君といっても通用するぞ」

「ありがとうございます。お褒めいただき光栄です」

いつもの私なら、「あ、あの」とか何とか、そういった感じで言いよどんでしまっていただろう。でも「そのように自信なげな態度はよろしくありませんよ」と教師にたしなめられてしまったのだ。

緊張を隠して優雅に微笑む私に向かって、義両親はとびきり嬉しそうな視線を投げかけてくる。

よかった、最初の挨拶はうまくいったみたいだ。

「レベッカはとても頑張り屋の、いい子なのよ」

「うちのアレクにはもったいない嫁だと、いつも私たちはそう言っているのだよ」

二人の言葉に胸が温かくなるのを感じながら、そのままの微笑みを保っていた。


とても和やかな時間が過ぎていった。やっぱりちょっと緊張しながらも、失敗することなくおもてなしを進めていく。

今日のために、さらに特訓した。礼儀作法と教養をおさらいして、相手の方のことを考慮した話題を用意して。教師と、それにお義母様にも協力してもらって、しっかりと準備を整えたのだ。

……自分でもちょっとやり過ぎかなと思えなくもなかったけれど、やらなくて後悔するよりはましだったから。

でも、それでよかったと思えた。友人夫妻はずっとにこやかに、私とのお喋りを楽しんでくれているようだった。二人はお義母様に会いにきたはずなのに、ずっと私に話しかけていた。そして義両親は、そんな私たちを優しく見守ってくれていた。


やがて友人夫妻は上機嫌で帰っていき、私たちもほっと息を吐く。

「ああ、素敵な一日になったわ……友人があそこまで楽しそうにしているの、久しぶりに見たわ。レベッカ、あなたの努力のおかげね。ありがとう」

「いえ、どうにか無事に乗り切れたようでよかったです」

安堵しながら答えると、お義父様がゆったりと答えた。

「何を言うのだ、今日の君はとても立派だった。礼儀作法について、改めて学びたいと申し出てきた時は驚いたが……今はそれ以上に、この短期間でここまで成長したことに驚いているぞ」

「あなたをこの家に迎え入れたいっていう私たちの勘は間違っていなかったって、つくづくそう思ったわ」

ちょっぴり頬を上気させて、お義母様がこちらを見る。

「だからどうか、あの子を、私たちを見捨てないでちょうだいね？」

「私からも頼む、レベッカ」

目を細めて笑いかけてくる二人の言葉が、嬉しかった。今までの頑張りが一気に報われたような、そんな風に思えていた。

◆◆◆

義両親に認めてもらえてからというもの、私の胸の中にはふわふわとした幸せな気持ちが漂っていた。相変わらず解決していないアレク様との問題すら、気にならなくなるくらいに。

日に日に寒くなっていって、作業部屋の暖炉にも薪がくべられた。窓の外には雪がちらついていたけれど、私たちは楽しく作業を続けていた。

ひときわ寒いある日、いつものようにランディがふらりとやってきた。彼はこうして時折この別荘に現れては、私たちの作業を見物していくのだ。

「そのドレスを作り始めてから、もう三か月近いのか？　かなり形ができてきているな。なるほど、面白い雰囲気だ。……ああ、いや、だが……」

彼は私が刺繍を施している途中のドレスを見て、感心したように目を見張っている。と思ったら、急に難しい顔になってしまった。

「どうしました、ランディ？　何か、気になるところでも？」

そんな彼に、コーニーが小首をかしげて問いかけた。ランディはぎゅっと眉間にしわを寄せ、考え考え答える。

「いや、ドレス自体はとても見事なものになりそうだが……もしこのドレスを誰かが着るとして、エスコート役が普通の礼装だと、ちぐはぐになりそうだなと思ったんだ」

その指摘に、私たち三人は同時にぽかんとして、それから大きくうなずいた。ランディの言う通り、これだけ風変わりなドレスの隣には、やはり工夫を凝らした礼服こそがよく似合う。

「そうですね、ドレスだけで飾ってもいいですが、対になる礼服があれば、もっと表現の幅を広げることもできますね……」

独り言のように、コーニーがつぶやく。そして彼は紙と鉛筆を取り出すと、猛烈な勢いで何やら描きつけ始めた。

「このドレスと対になる、自然の美しさを写し取った礼装……軽やかで、優しくて……」

　ぶつぶつと口にしながら、彼は次々とデザイン画を描き上げていく。数枚拾い上げて見てみたら、やはりちょっと変わった雰囲気の、けれどとても美しいものばかりだった。

「お兄様……いつも以上に、冴え渡っていますわ……」

「夢のドレスが半ばほど形になっているから、というのもあるのかもしれないな。頭の中だけで考えるより、色々とひらめきやすいんだろう」

　ロージーとランディが、デザイン画の数々を前にそんなことをささやき合っている。コーニーは目を輝かせて、さらに鉛筆を走らせていた。その横顔は、宝物を見つけた子供のように楽しそうだった。


　それからみんなで話し合って、礼装のデザインを決めた。縫いかけのドレスと、礼服のデザイン画を並べて、うっとりとため息をつく。この二着が完成したら、どれほど見事なものになるだろう。早く、その様を見てみたい。

　そんな思いに突き動かされるようにして、私もコーニーもひたすらに手を動かした。この上なく充実した、穏やかな時間が流れていた。ずっとこのままならいいのにと、こっそりそう思ってしまうくらいには。

けれどそんな願いは、やはりかなうことはなかった。

せっせと手を動かしていくうちにどんどん完成に近づいていくドレス、少しずつ形になっていく礼服。それらを眺めていると、自然と大きな笑みが浮かんでくる。

「コーニー、ロージー、それではまた明日」

「レベッカ、帰り道、気をつけてくださいましね！」

「また明日、お待ちしています」

いつもと同じようにそんな挨拶を交わして、幸せな気持ちでオーンブルの別荘を後にする。けれどホロウの屋敷が近づいてくるのが見えると、ちょっぴり憂鬱になってしまう。駄目だな、私。こんな風に思うなんて。

礼儀作法や教養は、義両親に褒めてもらえるくらいに上達した。自分でも、それについては頑張ったと思う。もう、嫁いできた頃のような失敗はしなくなっていたし。胸を張って、公爵家の嫁だって言える。

……けれど今でも、アレク様とは向き合えていない。彼との距離は、一歩も近づいていない。そのことが悔しい。コーニーたちや義両親のおかげで寂しさは感じないけれど、どうしようもない空しさが、胸の奥底に巣くってしまっている。

もっと私に、何かできることがあるんじゃないか。古めかしいホロウの屋敷を外から見るたび

に、その玄関をくぐるたびに、そんなことを思わずにはいられないのだ。

とはいえ、アレク様は針仕事には全くといっていいほど興味はない。ドレスの刺繍も、匂い袋も、見事なまでに無視されてしまった。おそらく彼は、わざと無視しているような気がする。

「だったらあとは……私がもっと魅力的になるしかないのかな？　でも、どういう感じに自分を磨いていけばいいんだろう……」

ぶつぶつと独り言をつぶやきながら、自室へと向かう。その時、やけに行く手が騒がしいことに気がついた。

前に、アレク様の部屋での言い争いを立ち聞きしてしまったことを思い出し、立ちすくむ。でも、この屋敷で何か起こっているのなら、目をそむける訳にはいかない。私はここホロウの一員で、いずれはこの屋敷の女主人となるのだから。

そうやって無理やりに自分を奮い立たせて、先に進む。騒ぎの元は、どうやら寝室のようだった。私とアレク様のための、大きな寝台が置いてある部屋。結婚してから一度も、アレク様が足を踏み入れたことのない部屋。

けれど今、その中からは激しく言い争う声が聞こえてきていた。義両親とアレク様、それに……他にも誰かの気配がするような。

扉の前でためらって、それからノックをする。

「レベッカです。入ってもよろしいでしょうか」

「おや、今回は立ち聞きではないんだな。ちょうどいい、君に用があったんだ。入ってくれ」

すぐに、アレク様の返事が聞こえてきた。駄目よレベッカ、入ってこないでと止めるお義母様の声が気になりつつも、扉を開けた。夫が呼んでいるのだから、行かなくては。

「やあレベッカ、ごきげんよう」

寝台の中から、やけに優雅にアレク様が声をかけてきた。彼は山と積み上げたクッションにもたれかかっているのだけど……見えている上半身は、一糸まとわぬ裸だった。男性のそんな姿を初めて目にしてしまったことに動揺して、思わず顔をそらす。頬も耳も熱い。たぶん今の私は、真っ赤になっているのだろう。

そして彼は、知らない女性を三人もはべらせていた。夫婦のための大きな寝台は、四人で寝ていてもまだ余裕がある。そんなこともあって彼女たちは、寝具で体を隠したまま、のびのびとくつろいでいた。でも、あの感じ……まさか、全員裸……？

どこを見ていればいいのか分からなくなってきた。めまいがする。頭は熱いのに、手足が冷たくなってきた。

「彼女たちは、僕の愛する女性たちさ。せっかくだから、君に紹介しようと思ってね」

そんな私に、アレク様がこともなげに言い放つ。どうして、こんなことになっているの。

立ち尽くしていたら、お義父様の怒鳴り声が聞こえてきた。

「アレク、お前！　こんな女たちを連れ込むなど、どういうことだ！　レベッカが動揺しているだろう！」

「ですが父上、レベッカは、僕のこの女癖のことを了承していますよ？　夫婦になってすぐに、きちんと説明しましたから」

「そういう問題ではない！　ホロウ公爵家の跡継ぎたるお前が、いつまでこんなふしだらなことを続けるつもりだ！」

「これくらい、よくある話でしょう？　どうして僕ばかり、非難されなくてはならないんですか」

　びりびりと空気を震わせるようなお義父様の怒号も、アレク様にはちっとも応えていない。あと、周囲の女性たちにも。

　怒りに肩を震わせたまま、お義父様が黙り込む。すると今度は、お義母様が涙声で言った。

「ねえアレク、どうしてそこまでレベッカを拒むの……？　彼女こそが、あなたの妻なのよ？それに、こんなに素敵なお嬢さんはそうそういないわ。お願いだから、彼女をきちんと見てあげて……」

　すると、アレク様がふんと鼻を鳴らした。

「気に入らないからですよ、彼女の何もかもが。どうせなら、こちらの彼女たちを妻として迎えたかったんですが」

　その言葉に、すぐさまお義父様がアレク様を怒鳴りつける。

「そんな品性のかけらもない女たちなど！　もしかすると、彼女たちは貴族ですらないのではないか⁉」

「おや、さすがは父上ですね。その通りです」

人間は、品格や地位だけで判断できるものではない。けれど同時に、上位の貴族ではそういったものを特に重視するのだと、そうも学んだ。だからアレク様は、あの女性たちを妻とすることはできない。愛人ならともかく。

それは、分かっている。そのことについてアレク様も、やるせない思いを抱えているのかもしれない。でも、だからって、こんな……。

「なあ君たち、そちらのレベッカは僕好みの女性だと思うかい？」

そんなことを考えていたら、アレク様が女性たちに甘く問いかけた。彼女たちは明るく、口々に言い立てる。

「清楚なのはいいけれど、色気が足りないわ」

「それに真面目で、堅苦しそう。大切に育てられた、いいところのお嬢ちゃんね」

「見ているだけで息が詰まるわね。融通も利かなさそう」

「つまり見た目も中身も、アレク様の好みとはまるで逆」

正面切って侮辱されているのに、何も言い返せない。頭が真っ白で、何も考えられない。

一方のアレク様は、その言葉に大いに満足したようだった。笑顔でうなずき、さらに言う。

「そうだろう。そして彼女は、的外れな努力が得意ときている。ほら、これを見てくれ」

そして彼は、もたれていたクッションの山の中に手を突っ込み、何か小さなものを取り出した。

それが何なのか気がついて、はっと息を呑む。

ずっと前に私が作って、彼の部屋に置いてきた、匂い袋。あれ以来一度も話題に上らなかったから、忘れられたか捨てられたかしたと思っていたのに。

「アレク様、それは……」

進み出て、匂い袋について尋ねようとする。けれど次の瞬間、その匂い袋は隣にいる女性の手に移っていた。

「あらあ、これって今流行ってるやつだったかしら？　ほら、お上品な女性たちの間で」

「私にも見せて。……この飾り、かなり少女趣味よね。可愛らし過ぎるわ」

「これをアレク様に贈るって、どうかと思うわ」

「贈り物は、相手の好みを考えないと意味がないわよねえ」

女性たちは呆れたように言いながら、匂い袋を乱暴につつき回している。長い爪が引っかかって、刺繍の糸が引きつれた。

悲鳴を上げそうになったその時、今度は大きな布のようなものがぱさりと女性たちの上に投げかけられた。

「そしてこちらが、彼女が小細工を施したらしいドレスだ。僕に見せつけようと必死になっているのが、どうにもうっとうしかった」

あれは布じゃない。私のドレスだ。アレク様と一緒にお茶会に出ることが決まって、一生懸命に刺繍をしたあのドレス。

「触らないで‼」

女性たちの手からドレスを奪い返して、しっかりと抱きしめる。コーニーたちと引き合わせてくれたこのドレスを、こんな人たちに触れさせたくなかった。

そんな私に、アレク様があざけるような声をかけてくる。

「刺繍だなんだとくだらないことをしている暇があったら、もっと自分を磨いたらどうだ？　彼女たちに弟子入りすれば、少しは垢抜けるかもしれないぞ」

彼の言葉に、行いに、血の気が引いていく。

私は私なりに、ずっと努力してきたのに。認めてもらえたと、嬉しかったのに。でも、それは何一つとして、アレク様には届かなかった。

この先どれだけ努力しても、全部無駄なのかもしれない。そう思えてしまって、言葉が出てこない。

その場に膝をついて、うずくまる。寝室に満ちる冷たく乾いた笑い声から、耳をそむけるように。

◆◆◆

次の日の朝、アレク様とあの女性たちはもう屋敷にはいなかった。激怒したお義父様に、全員まとめて叩き出されたらしい。もっともあの人たちは、それでも楽しそうに笑い続けていたらしいのだけれど。

何事もなかったふりをして、いつものようにオーンブルの別荘に向かう。馬車の音を聞きつけたのか、玄関先ではコーニーとロージーが私を待っていた。

「おはようございます、レベッカ。今日もあなたに会えて嬉しいです」

「たっぷりお喋りしましょうね！」

その朗らかな声、私を歓迎してくれている態度に、胸がぎゅっと苦しくなる。

「……どうしたのですか、レベッカ。ひどく浮かない顔をしているようですが……」

黙り込んでしまった私の顔を、二人が心配そうにのぞき込んできた。

みずみずしい森を思わせる、鮮やかで優しい二組の目。その緑色を目にした時、ついに涙がこぼれ落ちてしまった。

「……レベッカ?」

「まあ、大変ですわ！」

うつむいていると、この上なく心配そうな声が聞こえてきた。そして二人が、私の手を引いて歩き出す。

右手をコーニーに、左手をロージーに引かれ、そのまま居間に連れていかれる。二人は大急ぎで、私をふかふかの大きなソファに座らせた。続いて、自分たちもすとんと腰を下ろしている。

二人はただ黙って、寄り添ってくれていた。その温もりにひどく安心するものを感じながら、私も無言でぽろぽろと涙を流していた。

しばらくそうしているうちに、胸の中で荒れ狂っていた感情が落ち着いてくるのを感じた。濡れてよれよれになってしまったハンカチを握りしめて、ゆっくりと息を吐く。

「……心配かけてしまって、ごめんなさい」

おそるおそる口を開いて、どうにかこうにかそれだけを口にする。と、二人が一斉に身を乗り出してきた。

「謝る必要なんて、ありませんわ！　辛いのでしたら、遠慮なく頼ってくださいませ」

「私たちでは、力になれませんか？」

両側からじっと見つめてくる二人を交互に見返して、ためらう。

今まで二人には、アレク様のことも、ホロウの家でのことも話してはいない。聞いたらきっとコーニーは悲しそうな顔をするだろうし、ロージーはかんかんになって怒るだろうと思ったから。二人には、楽しそうな笑顔が似合う。その笑みを、私のせいで曇らせたくはなかった。

……でも今は、辛さのほうが勝っていた。ほんの少しだけ、二人の優しさに甘えてしまってもいいだろうか。

「……私の夫は、結婚前から女遊びがひどくて……そして私は、ずっと無視されていました。親が決めた妻である私のことが、気に入らなかったようなんです」

話しているうちに、また涙が浮かびそうになる。懸命にこらえて、もう一言だけ付け加えた。

「そして昨夜、彼は愛人たちを、屋敷に連れ込んで……」

「まあっ、なんてことですの！　人でなしにもほどがありますわ‼」

弱々しい私の言葉をかき消すように、ロージーが叫ぶ。憤りに、顔を赤くして。

そしてコーニーは、切なげに目を伏せていた。けれどぎゅっと引きしめられたその口元には、怒りか、あるいは悔しさのようなものが浮かんでいた。

「以前のあなたは、時折ひどく悲しそうな顔をしていました。どうしてそんな顔をしているのか気にはなっていたのですが……そんな事情が、あったのですね」

いつになく苦しそうな声で、彼はつぶやく。

「あなたはホロウに嫁いだ身で、アレク殿の妻です。私はあなたの友人でしかなく、あなたの家のことには口を挟めません」

そう告げると、彼は顔を上げた。決意のようなものに満ちた目で、まっすぐに私を見つめてくる。

「けれどもし、あなたが救いを求めてくれるのであれば……私は全力をもって、あなたの力になります。あなたのためなら、何だってしてしまいます」

そうして彼は、私をそっと抱きしめてしまった。友人としての礼節を守った、けれどこの上なく温かな思いを感じさせる、そんな抱擁だ。

「……忍耐強さは、あなたの美徳です。けれど度を越せば、それはあなたを傷つけかねません」

驚きつつも振りほどけない私に、彼はそっとささやく。

「……あなたには、幸せになる権利があるのです。誰かの犠牲にならなくてもいいんです。どうか、あなたの幸せをあきらめないでください」

その言葉に合わせるように、ロージーがしっかりと手を握ってくれた。

伝えたいことが、たくさんあるような気がする。けれど、うまく言葉が出てこなかった。嬉しいという気持ちだけが、胸の中にあふれていて。

だから口を閉ざし、二人の穏やかな温もりだけを感じていた。

ホロウの屋敷にて　一

「ああ、どうにもむしゃくしゃするな」

寝室での騒動からほんの数日後のこと。もうじき朝が来る、そんな時間にアレクはひっそりと屋敷に戻ってきていた。いつも通りの、乱れ切った姿で、しかしやけに堂々と。彼のそんなふるまいに慣れ切ってしまっているメイドたちは、目を伏せて粛々と彼の身なりを整えていった。

「あそこまでされても、まだ自分は僕の妻なのだと食い下がるなんて……予想外だ」

いくらはねつけても懲りずに近づいてくる書類上の妻、レベッカ。彼女の心を折るために、彼は大掛かりな嫌がらせをしかけたのだった。自分と関係のある女性たちのうち、とびきり見た目の麗しい三人を選りすぐって、本来は夫婦で使うはずの寝室を占拠したのだ。

「彼女は呆れるくらいに、うぶな女性だ。だったら僕の普段の姿をそのまま見せてやれば、引き下がるかと思ったんだが」

新しいシャツを着せつけられ、髪を整えられながら、アレクは深々とため息をついた。

「正面切ってはねつけても駄目、分かりやすく嫌がらせをしても駄目、か……そんなに強そうには見えない、むしろ気弱そうな女性にしか見えないのに、どこからあの強さが出てくるんだ？　まったく、迷惑な話だ」

軽やかに話していた彼の声が、不意に低くなる。やけに不吉な、そんな響きを帯びたものに。

「そうなると、あとは彼女の落ち度を見つけて、無理やりにでも追い出すしかないか……」

ぎり、と歯を噛みしめながら、アレクは遠い目をして考えている。ふと、その表情がぱっと明るくなった。

「ああ、そういえば彼女はこのところしょっちゅう、友人とやらの別荘に出向いているのだったか？　確か……」

宙を見つめたまま、アレクがぴたりと動きを止める。レベッカは友人に会いにいくことも、友人の別荘で何をするのかも、きちんとアレクに報告していた。しかし少しも興味が持てなかったアレクは、そのほとんどを聞き流していて、ろくに覚えていなかったのだ。

「……何かを作りにいく、と言っていたような気がするが……思い出せないな。まあいい、当ってみるならそちらだろう。それとなく、探らせてみるとしようか」

いいことを思いついたと言わんばかりの顔で、アレクはにやりと笑った。

「従順で貞淑な顔で僕の両親を懐柔した彼女が、実は外でこっそり浮気をしていた……などということになったら、最高に面白いんだが」

不穏なことこの上ないアレクの独り言を、メイドたちは慎ましく聞き流していた。

第九章
私たちの最高傑作

あの一件以来、アレク様はほとんど屋敷に寄りつかなくなってしまった。そして落ち込む義両親を懸命に励ますのが、私の新しい日課になっていた。

思い描いていた結婚生活からどんどん遠ざかっていくのを感じながらも、私は気丈にふるまうことができていた。

コーニーたちとの優しい時間が、私を支えてくれていたから。みんなでお喋りしながらせっせと針を動かすあの時間に、私は救われていたから。


そうして、さらに日々が過ぎていって。新しい年を迎えて、冬も半ばを過ぎたある日。

「ああ、ついに完成しました……ありがとう、レベッカ……」

感極まった声で、コーニーがつぶやいた。頬を赤く染めて、目を潤ませて。その表情は、まるで恋する乙女のようですらあった。

私たちの目の前には、トルソーが二つ並んでいる。片方にはドレスが、もう片方には礼服が着せつけられている。

このドレスの一番の特徴である、胸の下から垂れ下がる緩やかなスカートには、可憐な花を思わせる模様がたっぷりと縫い取られている。胸元や袖口にも、繊細な刺繍やレースがふんだんにあしらわれ、控えめながらも華やかな雰囲気に仕上がっていた。

そして透ける布があちこちに付け足され、しなやかにドレスの上に垂れ下がっている。ちょうど、野の花をそよがせる風のような、そんな風情だ。

春の野の風景をそのまま写し取ったようなそのドレスは、実際に着て動くと布が美しく揺らめくように設計した。きっとその様は、軽やかに舞う蝶のように見えるに違いない。

そして対となる礼服もまた、見事な仕上がりだった。一般的な男性ものの礼服は、刺繍にリボンやレースなどをこれでもかというくらいにあしらった、豪華なものばかりだ。上着の裾も長く、全体的にどっしりと重厚な雰囲気に仕上げられる。

けれどこの礼服は、いっそ地味だと思えてしまうくらいに飾りが少なかった。白を基調として、所々がほんのりと水色に染め上げられている。その上から施された刺繍もまた、白や水色を用いたものだった。

そして袖口や襟元に、銀色の小さなビーズが飛び飛びに縫いつけられていた。その様は夜空の星のようであり、また春の日差しに輝く雪のようでもあった。

普通の礼服よりもずっと裾は短く、全体的にかなり細身で軽やかな作りになっている。そしてドレスと対になるように、透ける布が付け足されている。豪華さも堂々たる風格もないけれど、この上なく優美で、そしてどことなく儚げだった。

「私が最初に思い描いていたものより、さらに美しいドレスになりました……そして、新たに作ったこの衣装も……」

熱に浮かされたような彼の言葉に、私の胸もいっぱいになってしまう。

「この二着の衣装は、私の最高傑作……いえ、私たちの最高傑作ですね」

不意に、コーニーがそんなことを口にした。そうして、うっとりとした目でこちらに向き直る。

「レベッカ、あなたがいなければ、これらの衣装は完成しなかった。形だけ似たようなものを作ることはできたかもしれませんが……これほど見事なものにはならなかったと、断言できます」

「あの、そうでしょうか……だったら、嬉しいんですが……」

彼の言葉がどうにも気恥ずかしくて、そっと視線をそらす。

「ふふ、あなたのその控えめなところはとても好ましいのですが、称賛の言葉はきちんと受け取っていただきたいですね。これでも褒め足りないというのに」

そうして彼は、私の手をぎゅっと握ってしまった。いつも笑顔を絶やさない彼だけれど、今日は特に上機嫌だった。その笑みは輝くようで、目が離せない。

「素敵ですけれど……トルソーに着せつけたままでは、魅力が半減しているような気がしますわ」

「俺もそう思う。着て動くとこの布がひらひらして、さらに美しくなるんだろう?」

感心した顔で衣装を眺めていたロージーとランディが、口々にそんなことを言っている。

「だったら、今から私とコーニーが着てみるというのはどう?」

「それも悪くはないですけど、せっかくですから、もっと多くの方に見てもらいましょうよ！　わたくしとランディしか観客がいないなんて、もったいないですわ！」

そろそろと申し出てみたところ、ロージーがさらに力強く主張してきた。

「見てもらう……でしたらここに客人をお招きして、見学会でも開きましょうか？」

うっすらと眉間にしわを寄せて、コーニーがそうつぶやく。するとロージーは大げさに苦笑して、堂々と言い放った。

「もう、お兄様ったら！　ドレスと礼服のおひろめですのよ？　ここはやっぱり、舞踏会しかないでしょう！」

舞踏会。この衣装を着て、舞踏会で踊る。そうすればきっと、この衣装たちは目もくらむような美しさを見せてくれるに違いない。……作り手として、それはちょっと……ううん、かなり見てみたい。

ちらりと隣のコーニーを見たら、彼も迷っているような顔をしていた。そこに、ロージーがたみかけてくる。

「あの衣装、お兄様とレベッカの寸法にぴったり合わせてあるのでしょう？　試着の都合とかで。だったらそう手間もかかりませんわ。さあ、舞踏会に参りましょう！」

張り切るあまりぴょんぴょん跳ねているロージーに、コーニーは困り顔を向けている。

「舞踏会、ですか……しかし、目立つのはちょっと……」

一緒に過ごしているうちに気づいたのだけれど、輝くような美貌と気品のある物腰のコーニーは、その人目を引く雰囲気に似合わず、やや人見知りなところがある。だからなのか、この別荘を訪ねてくるのは私とランディだけだった。

「このドレスをまとったレベッカをエスコートする、礼服姿のお兄様。わたくし、とっても見たいですわ。この上なく素敵なんでしょうね……」

「確かに、このドレスもこの礼服も、お前たち二人にとてもよく似合いそうだ」

なおも悩んでいるコーニーに、ロージーとランディが追い打ちをかけていく。少しだけためらって、そろそろと口を挟んだ。

「あの……私には夫がいますし、コーニーと一緒にそういった場に出るのはどうかと思います。私たちはあくまでも友人ですから、夫に勘違いされたら……」

これ以上アレク様の機嫌を損ねたくないと、そう思う。それにもう一つ、気にかかっていることがあった。一瞬ためらって、さらに言葉を続ける。

「それに、きっとコーニーにも婚約者の方がいるのでしょうし……私とドレスを作るだけならまだしも、一緒に舞踏会というのは……」

自分の言葉に、思いのほか落ち込んでしまう。今まで一度も話題に上ったことはないし、確かめたこともないけれど、成人した貴族の男性なら、普通は婚約者くらいいるものだ。まして、コーニーはこんなに素敵な人だし。

「い、いえ、私には婚約者も、将来を誓い合った相手もいませんよ」

どことなくあわてた様子で、すぐにコーニーが首を横に振った。そんな彼に、ランディが苦笑している。

「お前ももう二十歳なんだし、そろそろ結婚について前向きに考えろと言ってるんだがな」

「ランディ、それを言うならあなただって、私と同い年でしょう……？」

「俺はお前とは立場が違うからな。そこまで急がなくていいんだ」

そうやってわいわいと話していると途中から黙り込んでいたロージーが、ふと声を張り上げた。

「ねえ、あれならどうかしら」

その声に、コーニーとランディが話を止め、ロージーを見る。

「目立っても問題ありませんし、正体も隠せますわ。おまけに、日程もちょうどいい感じ！」

すると二人の顔に、理解の色が広がっていく。えっと、ロージーは何を思いついたのだろう。

「ふふ、それでは決まりですわね」

ぽかんとしている私のところに、ロージーがぱたぱたと駆け寄ってくる。私の手をぎゅっと握って、満面の笑みで宣言した。

「仮面舞踏会に、行きますわよ！」

◇・◇・◇

ロザリンドに押し切られる形で、私たちは仮面舞踏会に出ることになってしまいました。私とレベッカの最高傑作たる、あの衣装のおひろめのために。

仮面舞踏会では、みな仮面で顔を隠し、お互いの素性については絶対に口にしない、せんさくしないという決まりになっています。そんなこともあって、一風変わった装いを披露する者も少なくありません。そういう意味でも、あの衣装のおひろめにはちょうどいいでしょう。

あの場でなら、私が王太子であることやレベッカの身元だけでなく、誰がドレスを作ったのかについても内緒にできるでしょう。これなら、レベッカに迷惑をかけることもないと思います。

正直、私は人の多い場は苦手ですし、目立つのはもっと苦手なのですが、珍しくも心が浮き立ってしまっていました。結局私も、あの衣装を人々に見せてみたいと思ってしまっていたのです。

きっとみな驚くでしょうが、それ以上に感動してくれると、そう確信しています。そんな人々の反応を、見てみたくてたまらなくなってしまいました。

……なんて、それは建前です。白状してしまうと、私が見たくなってしまったのは、あのドレスをまとい、美しく装ったレベッカの姿なのです。

彼女は、アレク殿の妻です。私と彼女の間には何一つやましいことはありません。私は純粋に、ドレスと彼女の美しさを目の当たりにし、称賛したいだけなのです……と、そうロザリンドとランドルフに主張したところ、二人とも何ともいえない複雑な目で私を見ていました。あれは、いったいどういう意味だったのでしょう。

ともかく、私たちは支度をして、それぞれに王都を目指すことになりました。年に一度の仮面舞踏会、その会場は、王宮の大広間なのです。レベッカに私たちの正体を悟られたくはないので、今回は父上たちには内緒で帰宅、ですね。

そうして数日後、私たちは王都にあるオーンブル伯爵家の別宅の一つに集まり、仮面舞踏会に出るための身支度を整えていました。

もっともオーンブル伯爵家そのものが、王族のお忍びのために用意された仮の家ですので、この屋敷は王家の所有物ということになるのですが。あの湖のそばの別荘と同様に。

私の準備には、さほど時間はかかりません。礼服をまとい、髪をとかすくらいですから。先に支度を終えていたランドルフと共に、居間で二人を待ちます。

少しして、ロザリンドが浮かれた足取りでやってきました。疲れがたまると寝込んでしまう彼女のための、体に負担がかからない軽いドレス姿で。

さあ、これで残すはレベッカだけです。まるで子供のように心が浮き立つのを感じながら、それでもじっとたたずんで、ただひたすらに入り口の扉を見つめていました。

何時間も、そうやって待ち続けているかのように思えました。長い長い時間の後、扉が開き、レベッカがゆっくりと姿を現したのです。

「きゃあ、素敵ですわ！」

「確かに、見事だな」

すぐ近くにいるロザリンドとランドルフのそんな言葉が、どこか遠くから聞こえてくるように感じられました。私は息をすることも忘れて、彼女の姿を食い入るように見つめることしかできませんでした。

彼女は私たち二人で作り上げたあのドレスをまとっていて、可憐なその顔には控えめな化粧が施されています。華やかに結い上げた髪には、私が作った髪飾りが飾られています。

薄い布とリボンを組み合わせたそれは、最初にデザインしたものとは色も形も大きく異なっていました。レベッカがあのドレスを着るのなら、髪飾りはこちらのほうがいい。私はずっと前から、そんなことをこっそり考えてしまっていたのです。

「……その、変ではないですか……？　ドレスが立派過ぎて、うまく着こなせていない気がしてしまって……」

「変だなんて、そのようなことは絶対にありません！」

自分でも驚くくらいに、大きな声が出てしまいました。戸惑うレベッカに、勢い任せに言葉を投げかけていきます。

「損なうどころか、より魅力を引き出してくれています！　あなたとドレスが、互いに高め合っていて……トルソーに着せつけていた時より、もっともっと素敵になっています」

私の胸は感嘆の思いで埋め尽くされているのに、それにふさわしい言葉がうまく出てきません。

「そのドレスは、あなたに出会うずっと前から思い描いていたものなのです。けれど……まるで最初からあなたのためにデザインしたような、そんな錯覚をしてしまうくらいに、似合っていて……」

もどかしさに駆られるように、必死に言葉を探し続けます。しかしふと気づくと、レベッカが頬を染めてそわそわしていました。

「お兄様、気持ちは分かりましたから、少し落ち着いてくださいな」

「自覚がないというのは恐ろしいな」

そしてまたしても、ロザリンドとランドルフがにやにやしていました。このところ二人は、ずっとこんな調子です。

「ともかく、あなたは素敵ですから！　どうぞ安心して、仮面舞踏会を楽しんでくださいね」

これだけは、きちんと伝えておかなくては。そう思って、もう一言だけ言葉を添えました。

「とどめを刺していますわよ、お兄様ったら」

ちょっぴり呆れたような声で、ロザリンドがつぶやきました。レベッカはすっかり真っ赤になって、うつむいてしまっていました。


そんな一幕を経て、ようやく私たちは仮面舞踏会へと出発することができました。

「それではみなさん、行きましょうか。レベッカ。お手をどうぞ」

二台の馬車に分かれて乗り込み、王宮に向かいます。レベッカに見とれるのに忙しい私とは裏腹に、彼女の表情はどことなく曇っていました。

「大丈夫ですか、レベッカ。顔色が優れないようですが」

そう問いかけると、彼女は困ったように微笑んできます。

「ちょっと、緊張してしまって……王宮なんて、初めてですから……」

「大丈夫ですよ。この仮面舞踏会はごく気楽なものですし、王宮もただ古いだけで、別段いかめしいものでもありませんから」

不安がっている彼女を元気づけようと、そんなことを口にしました。実際、嘘は言っていません。

しかし彼女は、かすかに目を見開いて小首をかしげてしまいました。

ああ、いけません。浮かれた拍子に、口が滑ってしまいました。

「コーニーは、前にも王宮に行ったことがあるんですか？」

「ええ、まあ。仮面舞踏会に、一度だけ」

まさか、普段は王宮に住んでいるだなんてとても言えません。そんなことをうっかり言ってしまったら、レベッカをびっくりさせてしまいます。だから少しだけ、言葉を濁すことにしました。

「それよりも、仮面を渡しておきましょう。仮面舞踏会の間は、これをつけて顔を隠すのが決まりです。今のうちに、つけておきましょうか」

話をそらすついでに、あらかじめ用意しておいた仮面を彼女に手渡しました。仮面舞踏会では、みなが好き勝手に着飾っていて、それに合わせて仮面も派手にすることが多いのです。羽根や宝石で飾り立てられたものも珍しくありません。前に参加した時は、顔をすっぽり覆う、鳥の顔そっくりの仮面を見かけました。

でも私とレベッカの仮面は、白く染めた革でできた、目元だけを隠す簡素なものです。彼女の身元を隠すためには、もっと華やかなもののほうがいい。それは分かっていたのですが、このドレスにも、そしてレベッカにも、派手な仮面は似合わない。悩みに悩んで、こちらの仮面に決めたのです。

「ええっと、こんな感じ……でしょうか」

「はい。よく似合っていますよ」

ぎこちない手つきで仮面をつけたレベッカが、こちらを見てはにかむように微笑みました。赤く塗られた唇がきれいな弓の形を描いたのが、やけに印象に残りました。

自分の分の仮面を顔に当て、ほんの少し狭くなった視界の真ん中に、彼女の姿をとらえます。

私の夢がそのまま形をなしたかのような、この上なく美しい姿を。

「不思議ですね。私たちはこの衣装のおひろめのため、はるばる王都までやってきたというのに」

そうしていたら、すっと言葉が出てきました。顔が隠れているからなのでしょうか。

「美しいあなたの姿を誰にも見せずに一人占めしたいなんて、そんなことを思ってしまいました」

その言葉に、レベッカはうろたえながら、それでも懸命に応えてくれました。

「そんなに褒めてもらえるなんて、その……嬉しいですけど、くすぐったいです」

ああ、この人は何と可愛らしいのだろう。そう思うと同時に、彼女をないがしろにしているアレク殿へのいら立ちのようなものが、じわりと胸の奥ににじむのを感じました。

◇・◇・◇

コーニーに手を引かれて馬車を降り、おそるおそる王宮に足を踏み入れる。心臓がどきどきしているのは緊張からか、それともさっきのコーニーの褒め言葉のせいか。

「本当に、王宮に来てしまいました……」

少しでも落ち着こうと、そんなことをつぶやく。

「やはり、緊張しますか？　でしたらどうぞ、私だけを見ていてください。周囲を見なければ、緊張も和らぐと思うのです」

きらきらの笑顔で、コーニーがそう言った。うやうやしく私の手を取ったまま。直視してしまって、また心臓がどくんと跳ねる。

ロージーとランディは、私たちとは別行動だ。離れたところからこっそりと、お兄様とレベッカの晴れ姿を見物しますわ、とロージーが言い張ったのだ。

にぎやかな彼女がそばにいてくれれば、多少は気がまぎれたかもしれないのに。そんなことを考えながら、そっと周囲を見る。

大広間へと向かう廊下には、同じように仮面舞踏会に参加する人たちの姿があった。

「……前もって聞いてはいましたけど、みなさまとっても華やかですね……」

周囲を見回しながら、コーニーから聞いた話を思い出す。

それは、かれこれ百年以上前のこと。長い冬の間ろくに外出できない貴族たち数名が、暇つぶしに様々な衣装を作らせてみた。そうして冬が終わる頃、彼ら彼女らは一所に集まって、互いの衣装を披露し合ったのだとか。

親しい間柄の、ちょっとした内輪の遊び。しかしそれは次第に国中に広がっていき、とうとう王宮で開かれる仮面舞踏会へと形を変えた。長い冬の終わりを祝い、来たる春の喜びを一足先に謳歌する、そんな集いに。

そんないきさつもあって、この仮面舞踏会では思い切り華やかに着飾る者が多いのだとか。コーニーはおかしそうに微笑みながら、そう説明してくれた。今なら、彼がそんな笑い方をしていた理由も分かる。目の前の人たちは、みんな中々に独特な、楽しげな格好をしていたのだ。

スカートが見えなくなるくらいにフリルを縫いつけたドレス、普通のものよりずっと丈が長く、そして一面にびっしりと刺繍の施された礼服。仮面も凝ったものが多く、羽根や宝石で飾り立てたり、仮面というより被り物のようになっていたり。派手で華やかな衣装の数々に、圧倒されてしまう。

しかし圧倒されているのは、私だけではないようだった。周囲の人々は、仮面越しにも分かるくらいにはっきりと目を見張って、私とコーニーをじっと見ていたのだ。男も女もみな、ぽかんと口を開けて。……注目、されてしまっている。

逃げるようにして大広間に足を踏み入れたものの、そこにいた人たちもやはり同じような反応をしている。どうしよう。すごく、そわそわする。居心地が悪い。

「あの、コーニーも、目立つのは苦手……なんですよね？　私たち、とんでもなく目立ってしまっている気が……」

私たちの衣装は、美しい。そのことには自信がある。けれど同時に、かなり風変わり、というか型破りでもある。トルソーに着せて飾っておくならともかく、こうして着て歩くのは無理があったのかもしれない。たとえそれが、変わった装いをする者が多い仮面舞踏会であっても。

そんなことを考えて、コーニーにそっと耳打ちする。頃合いを見て、ここを離れられないか相談したくて。

しかし彼は、私を見てにっこりと笑った。思わずどきりとしそうになるくらい、晴れ晴れと。

「ふふ、落ち着いて、レベッカ。ほら、辺りの声に耳を澄ませてみてください」

訳も分からず、言われた通りにしてみる。かすかに、人々のささやき合う声が聞こえてきた。

「まあ、とっても変わったドレスね……あんなの、見たことないわ」

「でも、最高に素敵だわ　あの一対の衣装を見ていると、まるで夢を見ているような心地になるの」

「あの風変わりなデザイン、どこの職人が編み出したのかしら。気になるわね……あとで、聞いてみようかしら……」

「あら、あなたもあのドレス、気になるの？　私もよ。でもたぶん、教えてはもらえないでしょうね。だってここは、全部内緒の仮面舞踏会なんですもの」

「だったら自分の目にしっかり焼きつけておいて、後でお抱えの職人に説明するしかなさそうね……あの複雑なデザイン、覚えていられるかしら？」

人々はあちらこちらで、そんなことを話していたのだった。仮面のせいで表情が分かりにくいけれど、その顔に浮かんでいるのはまぎれもない感嘆の色だった。その声に、こわばっていた肩から力が抜ける。

「……実は私、ずっと心配だったんです」

他の人たちに聞こえないよう、コーニーに顔を寄せてささやく。

「あなたがデザインしたこの衣装は、間違いなく美しい。けれど、それが人々に受け入れられるのかどうか分からなくって……」

もしかしたらこんな話をすること自体、コーニーのデザインを侮辱することになってしまうのかもしれないけれど。

「もし受け入れられなかったら、あなたが傷つくかもしれないって、そう思えてならなかったんです。それは、嫌だなって……」

でも、聞いて欲しいと思ってしまったのだ。あいまいに言葉を濁し、そっとコーニーの様子をうかがう。

またしても彼は、笑っていた。感極まったように、かすかに目を潤ませて。

「本当にあなたは、優しいですね……そんなあなただから、私は……」

「コーニー？」

ほんの少し、彼の様子がいつもと違う気がする。悲しげ……ううん、切なげ、かも？

「ふふ、何でもありません。ところでレベッカ、よければ一曲踊りませんか？」

しかし次の瞬間、彼はとても優雅に一礼してきた。周囲の人々のざわめきが、少し大きくなった気がする。

「この衣装は、踊る時のことも考えて設計しています。さらなる美しさをみなさんに見せて、もっと驚かせてさしあげましょう」

「はい！」

さっきまでの不安も落ち着かなさも、もうすっかり消えていた。

◇・◇・◇

驚くほどのたくさんの人々の目を集めて、大広間を歩く。王太子として、似たような状況は経験したことがありますが、その時とはまるで違う心地です。

雲の上を歩いているかのように軽い足取りで、レベッカの手を引いて進み出ます。人々が自然と左右に分かれ、私たちに道を開けてくれました。そうしてすれ違いざまに、私たちの衣装を食い入るような目で見ていくのです。感嘆のため息をもらしながら。

人々のそんな様を静かに眺めながら、小さく微笑みます。

ふふ、おひろめの場として仮面舞踏会を選んだのは大正解でした。もしこれが普通の舞踏会であれば、きっと私たちは人々に取り囲まれて質問攻めになっていたでしょうから。

大広間の真ん中までやってきて、レベッカに向き直りました。本当に、このドレスは彼女にぴったりです。できることならずっとこのまま、彼女を見つめていたい。

そんなおかしな思いはひとまず脇に置いておいて、そっと彼女を抱き寄せました。そうして、緩やかな音楽に合わせて踊り始めます。

するとドレスは、また雰囲気を変えました。動きに合わせて柔らかな布がひるがえり、春の淡い雲のように広がります。あちこちに縫い込まれた金糸や銀糸が、シャンデリアの光を受けてちかちかとまたたきました。まるで、星空のように。

周囲の人垣から、大きな歓声が上がります。それをどこか他人事のように聞きながら、私はひっそりと困っていました。

私もみなと同じように、踊る彼女を離れたところから眺めていたい。けれど彼女が、他の男性と踊っているところは見たくありません。そんな、相反する思いを抱えてしまって。

この身が二つあればいいのに、そんなことを考えながら踊っているうちに、また別のことに気づきました。

予想していたよりもずっと華麗に、レベッカは舞っていたのです。王宮に仕える舞踏の教師からも合格点をもらえるくらいの、見事な動きでした。

「……あなたは、ダンスもうまいのですね」

「練習、したんです。一人前の淑女になりたくて」

驚きと称賛を込めたつぶやきに、彼女はほんの少し寂しそうに答えました。そんな表情は、この幸せいっぱいの場には似合いませんし、そもそも彼女に似合いません。

ですから私はにっこりと笑って、ひときわ大きくターンしました。ドレスの布が楽しげにひるがえり、レベッカが小さく声を上げました。その顔からは、暗い影はもう消えていました。

長年の夢だった、この上なく美しいドレス。それが形になり、こうして人々の称賛のまなざしを集めている。こんな日がこんなにも早く来るなんて、思いもしませんでした。

「ありがとう、レベッカ」

くるくると踊りながら、彼女にそっとささやきかけました。返ってきたのは、とても幸せそうな笑顔でした。

「ああ、最高だ！」

仮面舞踏会が開かれた、数日後。深夜過ぎてからホロウの屋敷に戻ってきたアレクは、自室でただ一人、くつくつと笑っていた。

「あの淑女ぶった女の化けの皮を、ようやく剥いでやれそうだ！」

彼は使用人たちに命じて、それとなくオーンブルの別荘について調べさせていた。使用人同士仲良くなってしまえば、いくらでも情報を引き出せるだろうと、そう言って。

しかしオーンブルの使用人たちは、ただの伯爵家に仕えているにしてはやけに口が堅く、アレクが送った者たちはほとんど何も調べられないまま、すごすごと戻ってきたのだった。

「……大した情報が得られずいら立ったこともあったが……ようやく、一泡吹かせてやれる」

別荘の主が淡い金の髪をした兄妹であることだけは、すぐに判明した。兄は見目麗しい青年で、妹はとても愛らしい少女。

そしてホロウの使用人たちが必死につかんできた唯一の情報は、こんなものだった。普段はほとんど別荘にこもりきりの兄妹が、近々王都に出かけるらしい。

その日取りを聞いて、アレクは首をかしげていた。ちょうどその辺りで、レベッカも留守にすると言っていたことを思い出したのだ。彼女の動向には全く興味のない彼にしては、とても珍しいことに。

「そういえば、そろそろ仮面舞踏会の時期だったと、思い出せたのは幸いだった」

もしかしたらレベッカとその友人は、そこに顔を出しているかもしれない。ふと、彼はそう考えたのだ。そうして、自ら王都に足を運んでみた。ちょっとした暇つぶしになればいい、それくらいの気持ちで。

しかし彼の読みは、見事なまでに当たった。彼の妻であるレベッカは、金の髪の青年と共に仮面舞踏会に出ていたのだ。普段から多くの女性の顔を見慣れているアレクにとって、簡素な仮面をつけた彼女を見分けるのは赤子の手をひねるより容易だったのだ。

しかし彼は、あえてその場では何もしなかった。ただ人ごみに身を隠し、彼女をじっと見張っていたのだ。周囲の人間たちはみな彼女と青年に見とれていたから、アレクがそうしていたところで少しも目立ちはしなかった。

「あれは間違いなく、浮気だな。あの甘い表情、しなだれかかる様……僕の前では一度も見せたことのない態度だ。あの真面目さしか取り柄のない彼女に、あんな顔ができたとはな」

馬鹿にするようにふんと鼻を鳴らして、アレクはつぶやく。

「明日が、楽しみだな」

そうして彼は、また静かに笑った。これから巻き起こる騒動を、頭の中で思い浮かべながら。

第十章 差し伸べられた手

夢のような仮面舞踏会を終え、また旅をしてホロウの屋敷に戻ってきた。ふわふわとした幸せな気持ちのまま眠りにつき、とてもさわやかな朝を迎えた。身支度を整え、今日も一日頑張ろうと窓の外を眺めて微笑む。

しかしその時、思いもかけない人がやってきた。

「おはよう、レベッカ」

それは、アレク様だった。いつもどことなく乱れている彼の身なりは、なぜか今日はきちんと整っていた。そのことに、胸騒ぎがするのはなぜだろう。

彼は、笑っていた。それはもう、あっけらかんと。そうして、思いもかけない言葉を告げてきた。

「やっと、君の尻尾をつかむことができた。やれやれ、これで堂々と離縁できる」

「あの、どういうこと……ですか?」

「おや、この期に及んでしらを切るつもりか。ならばはっきり言ってやろうか。僕の女遊びをとがめておきながら、君も浮気をしているだろう」

「えっ、違います!」

投げかけられたとんでもない言葉に、大あわてで首を横に振る。けれどアレク様は、不敵な笑みを浮かべて堂々と言い放った。

「認めないというのなら、じっくりと説明してやろう」

芝居がかった仕草で、彼は部屋の真ん中まで歩いていく。

「僕がこれまで、どれだけ君のことを目障りに思っていたか、分かっているな?」

分かってはいる。けれど、認めたくはない。

「出ていけと言っても、『私はあなたの妻です』とか何とか言って居座るし」

私が黙り込んでしまったのが愉快だったのか、彼の笑みが深くなった。

「ならばと嫌がらせをしてみても、じっとりとした目でこちらを見ながら耐えるばかりで。ああ、うっとうしかった」

これまでのあれこれがよみがえってきて、胸が苦しくなる。

「そんな君が、刺繍だなんだと理由をつけてよその屋敷に入り浸るようになった。まさかあんなに堂々と浮気をしていたなんてな」

「ですからそれは、違うんです!」

ようやく、声が出た。しかしアレク様は少しも耳を貸さずに、さらにとんでもないことを言い立てた。

「ならば先日の仮面舞踏会でのことは、どう説明するつもりかな? 君たちはずいぶんと仲睦まじかったが」

仮面舞踏会。その言葉に、さっと血の気が引くのを感じた。この口ぶり、アレク様はたぶんあの場にいたんだ。そして、あの衣装に身を包んで踊る私とコーニーの姿を見ていた。

「友人と一緒に旅行に行ってくる、と説明された気がするんだが。王宮の仮面舞踏会に出ているなんて、僕は一言も聞いていないぞ？」

呼吸を必死に整えて、ぐっとアレク様を見返す。異性の友人と一緒に舞踏会に出ることは、そう多くはないけれど珍しいことでもない。私は、やましいことなんてしていない。

「それは、アレク様は私の話を聞くのがお嫌なようでしたから……できるだけ、手短に説明しようと……」

「おや、君にしては気が利くな。ああ、その通りだ」

「ともかく、私と彼は、あくまでも友人です！　アレク様が考えているような、そんな関係ではありません！」

強気に言い返してから、ふと気づく。もしかしてこれは、アレク様と結婚してから、彼と交わした一番長い会話かもしれない。なんて、不毛なのだろう。

と、顔色を変えた義両親が駆け込んできた。どうやら、騒ぎを聞きつけたメイド辺りが呼んできてくれたらしい。

「アレク、何を騒いでいるのだ！」

「ああ、父上。たった今僕は、レベッカに離縁を言い渡したところです」

この上なく晴れやかな顔でアレク様が言い放ったその瞬間、義両親が一気に青ざめた。

「お前、自分が何を言っているのか分かっているのか！」

「ええ、分かっていますよ。彼女は僕を放り出して、よその男と遊び歩いていたんです。こんな不実な妻を、そばに置いておけないでしょう」

「レベッカは、ご友人と出かけていたのよ。それに彼女はいつも、あなたのために頑張っていて……少し息抜きをするくらい、構わないじゃない。そうでしょう？」

お義母様が食い下がると、アレク様は馬鹿にしたような笑みを浮かべた。

「どんな理由があろうと、浮気は浮気ですよ。彼女の言う『友人』は、僕と同世代のとても麗しい青年でしたからね」

「……自分の行いを棚に上げるな‼」

あまりの物言いに耐えかねたのか、お義父様が大声を張り上げる。しかしアレク様は少しも応えていないらしく、歌うように言い放った。

「彼女がもし浮気を認めないのであれば、仮面舞踏会で見かけた方々に事情を説明して、証言してもらうことになりますね。そうなると、ホロウの若妻がよその男と仲睦まじくしていたことが、広く知られることになるでしょう」

その言葉に、絶句した。私だけでなく、義両親も。

あの仮面舞踏会では、私は一度も名乗らなかった。それに、王宮に気軽に顔を出せるような上位の貴族に知り合いはいない。だから、正体はばれずに済んだ。

でももし、アレク様があちこちで私のことを話して回ったら。きっと私とコーニーのことが、噂になってしまう。それも、おもしろおかしく尾ひれをつけて。そうなったらもう止められない。

最悪、義両親の名誉にまで傷がつきかねない。

　黙り込む私たちに心底楽しげな笑い声を振りまいて、アレク様は部屋を出ていった。さっそく、離縁のための書類を作らなくてはな、と言いながら。


　アレク様の姿が消えて、しばらく経って。やがてお義父様が、はっと我に返ったように口を開いた。

「その、待っていてくれ、レベッカ。今、あいつを説得してくる」

「そうね、私たちに任せてちょうだい」

　二人とも、落ち着かないようだった。私を安心させようとそう言ったはいいが、アレク様を説得できる気がしない、そんな様子だった。

　こんな状況になっても、私のことを気にかけてくれている。そのことをありがたく思いつつ、ぎゅっと胸を押さえる。

　もう、どうしようもないところまで来てしまった。私がどれだけ頑張っても、報われることはない。それどころか、これ以上あがけば義両親にも迷惑がかかってしまう。

　苦しさに声が震えそうになるのをこらえながら、冷静に、言葉を紡ぐ。

「アレク様のおっしゃる通りです。私の軽率な行いのせいで、お二人に迷惑をかける訳にはまいりません」

　今でもまだ、ひとかけらの後悔は残っている。どこかで何かが違えば、私がホロウの人々と共に幸せになる未来もあったのかなと、そう思わずにはいられなかった。

後ろ髪を引かれるような思いを断ち切って、頭を下げた。かつて義両親と呼んだ、そんな二人に。

「……短い間でしたが、お二人にはお世話になりました。どうか、お元気で」


そうして一人になって、のろのろと荷造りを始めた。

今までよくしてくれた公爵夫妻への感謝と申し訳なさに、幾度となく手が止まる。いずれこの事態を知った両親は、きっと嘆き悲しむのだろうな。そんな思いもよぎっていた。

けれどもう一つ、それらとは全く別の思いが、ふわふわと胸の中をたゆたっていた。どうしようもない、寂しさが。

イーリスの屋敷とオーンブルの別荘は遠い。実家に戻ってしまったら、もうコーニーたちのところに気軽に遊びにいくことはできない。手紙のやり取りが精いっぱいだ。

せめて最後に、みんなに別れを告げたかった。唇を噛みながら、トランクに荷物を詰めていく。

イーリスの屋敷から持ってきたあれこれと、ロージーと出会った日に着ていたあのドレス。これは元々公爵夫妻が用意してくれたものだけれど、二人は快く譲ってくれた。

クローゼットの一番奥に、花嫁衣装が下がっていた。さらに苦しくなるのを感じながら、震える手で丁寧にたたみ、トランクに詰め込んだ。

やがて、荷造りは終わった。大ぶりのトランク二つ分、私一人でも持てるくらいの量。あっけに取られるくらいに、その荷物は軽かった。

トランクを手に、屋敷の玄関を出る。何とも言えない思いを抱えて、屋敷を見上げていた。短い間ではあったけれど、私の家だった場所。きっともう二度と、ここの門をくぐることはない。見送りはいない。義両親には改めて、別れの挨拶をしてきた。これ以上顔を合わせていたら泣いてしまいそうだから、私は一人で旅立つことにしたのだ。

寒風に耐えながら立っていたその時、突然玄関の扉が開いた。そうしてアレク様が姿を現し、満足げな目をこちらに向けてきた。お腹いっぱい食べた直後の猫を思わせる、うっすらと獰猛さを感じさせる表情だった。彼は、何をしにきたのだろう。思わず身構えてしまう。

「僕がここにいるのが不思議そうだな。なに、君がこの屋敷を立ち去るところを、きちんと見届けておこうと思ってね」

目を細めて、彼は私を見下ろしている。その口元には、大きな笑みが浮かんでいた。

「うっとうしい元妻がもういなくなるのだと、そう実感しておかないと、おちおちくつろげやしないからな」

結局この人は最後まで、私を受け入れてはくれなかった。人間には相性というものがあるのだと分かってはいるけれど、こうまで徹底して突っぱねられると、やっぱり悲しい。

ううん、でも、これでもう最後だから。あと少しだけ、耐えればいいのだから。

冷たい風が、びゅうと吹きつける。冬の名残の牡丹雪がひとひら目元に舞い降りて、じわりと解けた。まるで私の代わりに、涙をこぼしてくれているかのように。

きっと私は、ひどい顔をしているに違いない。こんな顔を、これ以上アレク様に見せたくない。そう思ってうつむいたら、さらに雪が次々と吹きつけてきた。

寒さに耐えながらじっと耐えていたら、やがてかたんかたんという馬車の音がした。ああ、ホロウの馬車の準備が整ったんだ。ほっとしながら顔を上げると、思いもかけないものが目に飛び込んできた。

そこにいたのは、私をイーリスの屋敷まで送り届けるはずのホロウの馬車ではなく、オーンブルの軽やかな馬車だったのだ。座席には寒さよけの分厚いマントを羽織ったコーニーが乗っている。そして彼は、驚きを顔いっぱいに浮かべて私を見つめていた。

「レベッカ？　その荷物はどうしたのですか？」

彼もまた驚いたように目を見張り、私とその隣に置かれたトランクを交互に見つめている。ぎゅっとこぶしを握り締め、そろそろと答えた。

「……アレク様に、離縁されてしまいました。今から、実家のイーリスに戻るところなんです。……最後に、きちんとお別れが言えてよかったです」

するとコーニーは馬車から飛び降りてきて、とても真剣な顔で言った。

「レベッカ、今からでもホロウ公爵夫妻と会わせてはいただけませんか？　私は、あの仮面舞踏会にあなたと出ていたことの詳細について、公爵夫妻に説明するためにここに来たのです」

そこに、呆れた顔のアレク様が口を挟んでくる。

「ああ、話すだけ無駄だ。君は確か……オーンブル伯爵家の者だったか」

コーニーたちのところに通うようになった時、アレク様にきちんと説明した。でもまさか、コーニーの家名を覚えているなんて。彼は私の話に、少しも興味がないようだったのに。

「はい。コーニーと申します」

ちょっぴり不安になってしまった私とは裏腹に、コーニーはいつも通りの柔らかい声で答えている。そしてアレク様は、そんな彼に対して馬鹿にしたような目を向けている。

「君たちが仲睦まじくしていたことは、あの仮面舞踏会の参加者全ての知るところになっている。その片方がホロウに嫁いできた娘だと知られたら、我が家にとって大いなる不名誉だ」

アレク様は朗々とそう言って、それからコーニーを流し目でにらむ。

「コーニーとか言ったか、僕の邪魔をしないでくれ。僕はようやく、邪魔なレベッカを追い払うことができてせいせいしているのだから」

とたん、コーニーの雰囲気が突然変わったように思えた。いつも彼がまとっている春の陽だまりのような空気が、急にぴりぴりと張り詰めたものに変わったのだ。

「……今までさんざん彼女を虐げてきて、その言いぐさですか……」

低い声でつぶやくコーニー。彼にしてはとても珍しいことに、その声には怒りがにじんでいた。

「何を言うんだ、虐げられてきたのは僕のほうだ。したくもない結婚をさせられたあげく、妻は両親を味方につけて好き放題やるし、毎日毎日しつこく声をかけてくるし……」

コーニーは、何も言い返さなかった。ただじっと、アレク様を見つめているだけだった。それなのに、アレク様がたじろいだように後ずさる。

「な、なんだその目つきは！　たかだか伯爵家の人間が、僕の行いにけちをつける気か⁉」

けれどその言葉を無視して、コーニーは私のところに歩み寄ってきた。そうして、トランクを二つとも手にする。

「……行きましょう、レベッカ。これ以上ホロウの家と関わる必要はないでしょう。行きたいところがあるのなら、私が送ります」

そうしてコーニーは、有無を言わさず私を馬車に乗せてしまった。アレク様の刺さるような視線を感じながら、私はホロウの屋敷を後にしたのだった。

思いもかけない展開に呆然としながら、馬車に揺られる。ホロウの屋敷が見えなくなったところで、隣のコーニーがぼそりとつぶやいた。

「……仮面舞踏会の会場にアレク殿がいるところを、ランディが見かけていたんです。あなたを心配させないように、黙っていましたが」

まっすぐ前を見つめたまま、彼は険しく顔を引きしめている。

「どうにも嫌な予感がしたので、ホロウ公爵夫妻に事の次第を話しておこうと思ったんです。あなたは潔白なのだと、そう告げるために」

そうして、彼は切なげに息を吐いた。こちらに向き直り、そろそろと言葉を続ける。

「……ですがどうやら、一足遅かったみたいです。その、私たちが仮面舞踏会に誘わなければ、こんなことには……」

「いいえ！　あなたたちは何も悪くありません。私が、つい浮かれてしまったせいですから……」

二人して、しょんぼりとした顔を見合わせる。うつむいてしまったコーニーが、ちらりと私を見た。

「それで、あなたはこれからどうされますか。あなたの生家であるイーリスに戻られるのであれば、このまま送ることもできますが……」

実家まで送ってくださいと、そうお願いしようと思った。たまたまコーニーとこうしてまた会うことはできたけれど、いずれは離れ離れになってしまう。だったらせめて、実家までの旅の間くらいは、一緒にいたかった。

そう思って、ふと気づく。……今までの私は、アレク様の妻として、ホロウの人間としてふるまおうと頑張ってきた。でも今の私は、もうそういったものに縛られてはいないのだ。

「……あの、ご迷惑でなければ、あなたの別荘に置いてもらえませんか？」

自然と、そんな言葉が口をついて出てきた。

「その、幸せをあきらめないでと、あなたは前に言ってくれました。それなら私は、あなたのそばにいたいな、って……」

言ってしまってから、やっぱりちょっと図々しかったかな、と思い直す。

「お針子の真似事くらいなら、できそうですし……少しの間だけでも……」

とっさにそう付け加えたら、コーニーがこちらに身を乗り出してきた。

「いえ、ぜひこちらに滞在してください！　いつまでも、好きなだけ！」

きらきらと輝く緑の目に、思わず見とれる。

「そうしてこれまでと同じように、思う存分お喋りをしましょう。一緒に、色んなものを作っていきましょう」

「は、はい……」

思いもかけない反応にちょっと戸惑いながらも、コーニーの言葉に耳を傾けた。これからどんなことをしましょうか、楽しいことがいいですねと、彼は浮かれたような声でそんなことを話し続けていた。

今朝、アレク様と話してからずっと重く沈んでいた心が、少しずつ明るくなっていくのを感じていた。


「ただいま戻りました、ロージー」

「お兄様、どうでしたの!?　……って、レベッカ？　その荷物は、まさか……」

オーンブルの別荘で、やけにそわそわしたロージーに出迎えられた。私の顔を見るなり彼女は小首をかしげ、そしてトランクに気づくと思いっきり難しい顔になった。そんな彼女に、ためらいがちに説明する。

「夫に離縁されてしまったの。コーニーにわがままを言って、ここに置いてもらうことになったのだけれど……その、構わないかしら？」

「大歓迎ですわ‼　やりましたわ、これからはずっとレベッカと一緒ですわ！」

言うが早いか、彼女は私の腰にぎゅっと抱きついてくる。コーニーも嬉しそうに微笑みながら、私の肩にそっと手をかけていた。

いつかのあの日と同じように、両側を二人に支えられてたたずむ。あの日よりもずっと、晴れやかな気分で。

◇・◇・◇

「……コーネリアス様。まさかこんなにも早く事態が動くとは、思いませんでした……」

その日の夜遅く、私はランドルフと二人、居間で話し合っていました。レベッカはもう客室で休んでいるので、この会話を聞かれることはないと思いますが……それでも一応念のため、周囲を警戒しつつ、小声で話しています。

それはそうと、ランドルフはいつになく険しい顔をしていました。そんな彼に正面から見すえられてしまったせいで、自然と縮こまってしまいます。

「ランドルフ、あなたは反対ですか？　その、今日の私の行動について」

そろそろと問いかけると、ランドルフは目を細めて話し始めました。

「レベッカ様の婚姻は、事実上とっくに破綻していました。レベッカ様の頑張りに支えられて、細い糸一本でつながっているような状態でした」

彼の眉間には、くっきりとしわが寄っています。彼はレベッカとはあまり接点がありませんでしたが、彼なりに彼女のことを心配してくれていたのです。

「そして貴方は、レベッカ様のことをとても気にかけておられました。彼女が望むのであればいつでも救い出すと、そうロザリンド様と俺も宣言するくらいには」

あれは、レベッカがドレス作りに協力してくれることになった日のことでした。ホロウ家の内情について調べていたランドルフが、痛々しい真実を持ち帰ってきたのは。

あの頃、私はレベッカとさほど親しくはありませんでした。けれどどうにかして彼女の力になりたいと、強くそう思ったのを今でも覚えています。その時の、胸の痛みも。

「正直な話、いずれ貴方がレベッカ様を無理やりにでも救い出してしまわれるのではないかと、俺はそう思っていました。ちなみに、ロザリンド様も俺と同じ意見です」

ランドルフの言葉に、思わず目を見張ります。彼がそんな風に考えていたなんて、知りませんでした。私はいつも、穏便であることを心掛けているのですが。

「ですので、離縁されたレベッカ様を保護されたことについて異論はありません」

さらりとそう言って、彼は額を押さえています。頭痛がすると言わんばかりの仕草で。

「ただ、アレク様と正面から張り合ったのは悪手だったかと」

ちらりとこちらを見る彼の視線を避けるように、ソファの上で身を縮めました。

「彼は公爵家の一粒種、甘やかされた跡継ぎということもあって、自分が一番上なのだと信じて疑わないところがあります。気に食わない者は遠慮なく叩きのめす、そんな一面もあるようです。そこに、貴方のような立派な青年が現れ、歯向かったとなれば……」

ランドルフはまっすぐに私を見すえて、ほんの少し呆れたような顔をしていました。

「……もっとも彼よりも、貴方のほうが上なのですが。何から何まで」

「ランドルフ、その……褒めてくれているのでしょうが、私は上とか下とか、そういった話は苦手ですから……」

　私は王太子、いずれ兄上の跡を継ぎ、この国の頂点に立つ王になる者です。それは分かっているのですが、そうやって人々を従えている自分の姿が、どうしてもうまく想像できませんでした。正直私には、今の身分……伯爵家の一員くらいの立場のほうが、しっくりきてしまいます。

　そんな私の思いを知ってくれているランドルフは、小さく苦笑してうなずきました。

「ともかく、一応気をつけておいてください。俺のほうでも、彼の動向には気を配っておきますから」

「ありがとうございます。あなたがついていてくれれば、とても心強いです」

「そもそも俺は、貴方とロザリンド様の護衛を兼ねてお忍びに同行していますからね。力を貸すこと自体は、何ら問題がないんです」

　ふっと頼もしく笑ったランドルフが、しかしすぐにため息をつきました。

「……どちらかというと、レベッカ様の前で、貴方の兄貴分を演じているほうが疲れます。普段のお忍びであれば、貴方がたはさほど他者と関わりませんから、俺が演技をする機会も限られるのですが」

「ふふ、あなたには苦労をかけますね。ですがどうか、もう少し頑張ってください。……ようやく、堂々とレベッカと共に過ごせるようになったのですから」

　ここまで、長かった。自然と、これまでのことが思い出されます。

「あの婚礼、あのお茶会……そういったあれこれを経て、彼女は私たちのところに出入りするようになりました。まるでずっと昔からの友人であるかのように、親密な時間を長く過ごすようになって」

そんなことをつぶやいているうちに、胸にこみ上げてくるものがありました。今までずっと、胸の奥に力ずくで押し込めてきた思いです。

「……これまでは、ただ見ていることしかできませんでした。彼女が苦しみ、悲しんでいても……私には、ただ彼女を励ますことしか許されていなかったんです」

ふとそうつぶやくと、ランドルフが同情するかのように目を細めました。

「レベッカを自由にしてやりたい。私にはその力がある。なのに、どうすることもできない。ひどく、もどかしかった」

どうしてこんなことを語っているのか、自分でもよく分かりませんでした。ただ、誰かに聞いて欲しかっただけなのかもしれません。

「けれどこれからは胸を張って、彼女を支え、守っていくことができます。だから今度こそ、彼女を幸せにしたい」

ああ、やっと言葉にできました。胸を満たす安堵の思いに、ほっと息を吐きます。

「……ようやく、きちんと自覚されましたか」

彼の言葉に、思わず目を丸くしてしまいます。自覚……何のことでしょうか。

「俺もロザリンド様も、ずっともどかしい思いをしていたんです。コーネリアス様はいつまで、レベッカ様をおとなしく見守っているつもりなのだろう、って」

「そもそも私と彼女は、友人で……特に今朝までは、彼女は他人の配偶者だったのですし。ちゃんと、そこのところはわきまえていましたよ」

　ちょっぴり焦りながらそう言い返すと、ランドルフはおかしそうに笑いました。

「そうでしょうか。仮面舞踏会に出ると決まってから、貴方はずっと浮かれっぱなしだったと記憶していますが。ロザリンド様も、少々呆れておられましたよ」

　物心つく前からの付き合いであるランドルフと、無邪気ながら洞察力に優れるロザリンドには、隠し事はできなかったようです。

　それに、今にして思えば、あの時の私がかなり浮かれていたことは否定できません。夢のドレスが完成したことが嬉しくてたまらなかったのと、それをまとったレベッカが素晴らしく美しかったのと、その両方のせいで。

「あれでは、アレク様が浮気を疑われるのも仕方ないかと思いますよ」

「う、浮気ではありません！　彼女は決して、そんな女性では！」

　ランディのそんな指摘に、つい大きな声が出てしまいました。あわてて口をつぐみ、耳を澄ませます。レベッカが休んでいる部屋はここからは離れているので、今の声が彼女の耳に届くことは、たぶんないでしょうが……。

「……冗談ですよ。お二人はきちんと、節度を守っておられました。……もっとも貴方のほうは、少々情熱的に過ぎた気もしますが」

必死に辺りを見渡す私に、ランドルフが朗らかに声をかけてきました。笑えない冗談は止めて欲しいものです。

「それはそうと、貴方がレベッカ様を守り抜きたい、幸せにしたいと思われるのであれば、友人同士という関係は少々不便かと」

続けてランドルフが口にした言葉に、驚きつつも納得しました。確かに、友人のままだと、手を貸せる範囲も限られてしまいますね。

「それにもう、彼女は誰のものでもありません。今ならどなたであっても、彼女に近づくことが許されます。この言葉の意味、お分かりですね？」

一瞬遅れて、理解しました。それはつまり、私だって、彼女にもっともっと近づくことができるかもしれない、ということで……。

ああ駄目です、顔が熱いです。

「俺たちも、アレク様に遠慮する必要はなくなりましたしね。微力ながらお手伝いさせていただきますよ、コーネリアス様」

「ありがとうございます、ランドルフ。……少々、気恥ずかしいですが」

「照れている場合ではありませんよ。ぜひとも、頑張ってくださいね」

力強くそう言うランドルフは、いたずらっぽい笑みを浮かべていました。

第十一章　春の暖かな日

「さあ、今日はピクニックですのよ！」

ある日唐突に、ロージーがそう言った。


冬の終わり、私はアレク様に離縁され、ホロウの家を出た。そこにたまたま駆けつけてきたコーニーに頼み込んで、こうしてオーンブルの別荘で暮らすようになった。

毎日が驚くほど穏やかで、不思議なくらいに満たされていた。離縁の衝撃も悲しみも、ゆっくりと包み込んでくれるような、そんな静かな日々を過ごしていた。

それはそうとして、ピクニック？　首をかしげる私の前で、ロージーは満面の笑みで胸を張っていた。コーニーもちょっぴりそわそわした顔で、私を見ている。

「こちらの準備もできたぞ、ロージー」

そんな言葉と共に、ランディも姿を現す。昨夜からこの別荘に泊まり込んでいた彼の手には、大きな籐のバスケットが提がっていた。

「そろそろ春のお花が咲きそろう頃合いですし、今日はとってもいい天気ですわ。ですからレベッカを、とっておきの場所に招待したいんですの！」

「気が進まないのであれば、無理は言いませんが……この別荘の周囲には、素敵な場所がたくさんあって、この季節が一番美しいんです。私は、あなたと一緒にあの風景を見てみたいんです」

元気よく主張するロージーと、おねだりするように微笑むコーニー。そんな二人に挟まれてしまっては、私としてはうなずくしかない。

「誘ってもらえて、嬉しいです。ありがとう」

本当はまだちょっと、ためらいもあった。結局アレク様の妻として務めを果たせず、あげく勘違いされて離縁された私が、こんなにのどかに、幸せに暮らしていていいのかな。そんな思いが、心の片隅にちくりと刺さっていたから。

でも、みんなのお誘いはとっても魅力的だった。イーリスの家にいた頃は、家族や友人とよくピクニックに行ったものだけれど、公爵家ともなるとそんな遊びはめったにしない。そのことを知って残念に思っていたから、なおさら。

「それでは、さっそく行きましょうか。レベッカ、お手をどうぞ」

彼に手を引かれ、歩き出す。これからみんなでピクニック。そう考えたら、自然と足取りが軽くなっていくのを感じた。やはりちょっぴり浮かれたコーニーに寄り添うようにして、部屋を出る。

「まあ、そろいもそろってご機嫌ですわね」

「そうだな。息の合った足取りだ」

面白がっているような二人のささやき声を、背中で聞きながら。

四人で馬車に乗り、湖のほとりの道をのんびり走る。さんさんと降り注ぐ日の光と、柔らかく優しい風がとっても心地いい。

周囲に目をやると、澄んだ水の中を魚が泳ぎ、白く優美な鳥が湖畔でくつろいでいるのが見えた。遠くでは湖面が日差しを受けて、きらきらと輝いていた。

「素敵……とっても綺麗ですね……」

「真夏にここの湖畔で過ごすと、とても心地いいんですよ。湖を渡る風が、とても涼しくて……」

そんなことを話していたら、馬車がゆっくりと停まった。ロージーが真っ先に馬車を飛び降り、荷物を抱えたランディが、すぐに後を追いかけていく。

「ここからは馬車が入れませんから、自分の足で歩くんですの。楽しいですわよ！」

彼女はそう言いながら、湖を囲む明るい林に足を踏み入れる。ぴょんぴょんと跳ねんばかりにして。

「ロージー、あまりはしゃぐとまた熱が出るぞ」

「もう、心配しなくても大丈夫ですわ、ランディ！　わたくし、最近は寝ついていませんもの！」

コーニーの手を借りて馬車から降りながら、そんな二人を眺める。その時、ふと思い出した。

コーニーたちはロージーの療養のために、オーンブルの別荘で過ごしているのだということを。

「……あの、今さらなんですが……ロージーは、療養が必要なくらいに体が弱いのでしょうか」

こそっとコーニーに尋ねると、彼も小声で教えてくれた。

「疲れがたまると、熱を出してしまうんです。小さな頃は、月に一度は寝込んでいました」

それを聞きつけたらしいロージーが、くるりと振り返って大股でこちらに歩み寄ってくる。

「これでも、かなり丈夫になりましたのよ！　実家であれこれ忙しかったから、しばらくその分の骨休めをしているだけで」

元気よくそう主張する彼女の背後では、ランディが困ったように眉間にしわを寄せている。

「それでも、人の多いところは苦手なままだろう……先日の仮面舞踏会も、できれば出ないで欲しかったんだが」

するとロージーは、彼にびしりと人差し指を突きつけた。

「お兄様とレベッカの晴れ舞台を見ないなんて、あり得ませんわ！」

「……まあ、その気持ち自体は理解できなくもない」

「そうでしょう？　それに結局、あの後は寝込まずに済みましたもの。さあ、行きますわよランディ！」

彼女はそう言い放ち、またランディを引きつれて林の奥に走っていく。少し離れて、そんな二人を追いかける。のんびり歩きながら、コーニーとさらにお喋りを続けた。

「そういった訳で、私たちがあの別荘に滞在していることは内緒なんです。友人たちや家族の知り合いなどが次々やってきてしまったら、ロージーはゆっくり休めないので」

「大変なんですね……私の知るロージーはいつも元気なので、そんな事情があるなんて思いもしませんでした」

　ぱたぱたと走るロージーを見ながらつぶやくと、コーニーも静かに答えてきた。

「あの子は、あなたと過ごすのが楽しくてたまらないんです。疲れなんて、吹き飛んでしまうくらいに」

　私がロージーの力になれているのなら、嬉しいな。そう思ったまさにその時、コーニーがさらに口を開く。

「あ、もちろん私も、とても楽しいですよ。その、こうしてあなたと共に過ごすことができて」

　彼の口調は、いつになく硬い。どうしたのだろうと彼のほうを見たら、彼はきりりと凛々しく顔を引きしめていた。でも、頬と耳がちょっぴり赤い。

「ありがとうございます、コーニー。私も、あなたたちとこうしていられるのがとっても楽しいです」

　ひとまずそう答えたのはいいものの、今度は私まで気恥ずかしくなってしまった。今までにもこんな話をしたことはあるのに、何だか不思議なくらいにそわそわしてしまう。

　どうやらそれはコーニーも同じだったみたいで、私たちの間に漂う空気は、妙にぎこちないものになってしまった。「いい天気ですね」「そうですね」といった、当たり障りのない会話を交わしながら、林の中を歩く。

　けれどそんな空気も、そう長くは続かなかった。

　林を抜けると、そこは広い草原になっていた。地面を埋め尽くすようにして、背の低い花々が咲き乱れている。ところどころに生えている木も、儚げな薄紅色の花をびっしりとつけていた。

青い空に白い雲、地上には淡く優しい色の洪水。目の前に広がっているのは、思わず息を呑まずにはいられないくらいに美しい風景だったのだ。

「色とりどりの花畑を、湖を渡るそよ風を、小鳥たちの愛らしい声をそのまま写し取ったような、そんなドレス……」

かつてコーニーは、ずっと夢に描いていたドレスのことをそう言っていた。この世のものとも思われない風景を見ていたら、自然とそのことを思い出したのだ。

するとすぐ隣から、コーニーのくすぐったそうな声が返ってきた。

「覚えていてくださったんですか。ふふ、嬉しいものですね」

コーニーは、それはもう幸せそうな、とろけるような笑みを浮かべていた。その甘さに、目が離せない。そのまま、二人で見つめ合う。

しかしその時、視界のすみのほうで何か動くのが見えた。はっと我に返ると、忍び足で立ち去ろうとしているロージーと目が合った。彼女はなぜか、しまった、という顔をしている。

けれどそれも一瞬のことで、彼女はすぐに澄ました顔になると、ぺこりと会釈してみせた。

「あ、お兄様とレベッカも追いついたんですのね。それならわたくしたちは、あっちの端っこまで行ってみますわ！」

止める間もなく、ロージーが花畑を突っ切っていく。荷物を抱えたままのランディを引き連れて。

「ロージー、元気ですね……ずっと走ってばかりで」

「そ、そうですね」

どうもさっきから、彼女の態度がおかしい気がする。コーニーもまたそわそわしていたけれど、何かを思いついたように声を上げた。

「そうだ、あの木のところまで行ってみましょう。遠くから見ていても素敵ですけれど、近くで見るとため息が出るくらいに美しいんです」

彼はちょっぴり強引に、私の手を取って歩き出す。ロージーたちが向かっていったのとは別のほう、一番近くにある薄紅色の木に向かって。

遠くから、小鳥の声と木々のざわめく音が聞こえてくる。足元では、愛らしい花々が揺れている。時折、蝶々たちが仲良く戯れながら私たちのそばを通り過ぎていく。

こうやって手を引かれるのは初めてではないのに、妙に鼓動が速くなる。まるで夢の中にいるような、そんな心地だ。

頭の中が、ふわふわする。ずっとこのままならいいのに。つないだ手にきゅっと力を込めて、ぼんやりしながら歩いていた。

やがて、薄紅色の木にたどり着いた。しっかりと手をつないだまま、並んで木を見上げる。柔らかな若葉を覆いつくすようにして、かすかに紅色を帯びた小さな花々がびっしりと咲き乱れている。

「……綺麗、ですね。私はこの光景を見るたび、感動で胸がいっぱいになってしまうんです」

コーニーの柔らかな声に、そっと隣を見る。

「……私は、春が一番好きです。たくさんの命が芽吹き、輝くこの季節が……」

頬をかすかに染めて切なげにつぶやく彼の横顔から、目が離せない。花々よりもあなたのほうが素敵ですと、そう口走りそうになった。

自分らしからぬ言葉に驚いて、そっと目を見張る。と、コーニーもこちらを見て、にっこりと笑った。

「ちょっとだけ、はめを外してみませんか?」


その直後、私たちは並んで寝転がっていた。薄紅色の木の根元、柔らかな下草の上に、仰向けになって。

「子供の頃は、よくこうしていたんです。視界いっぱいに広がる花と空を、独り占めしているような気分になれるのが、嬉しくて……」

間違いなく不作法極まりないふるまいだけれど、ここにいるのは私たちだけだ。とがめる者なんていない。ホロウに嫁いでからずっとひたすらに行儀よくふるまっていたせいなのか、こうしているとやけに楽しくなってしまう。

「ですが今は、二人占めですね」

すぐ近くから、コーニーの声がする。彼もまた、とても楽しそうだった。

花と青空が織りなす風景にしばし見とれ、ふと思う。彼は今、どんな表情をしているのかな。

ふと寝返りを打ち、彼のほうを向いてみた。すると彼も、こちらを向いていた。

柔らかな金髪が緑の下草にさらりと垂れかかり、木漏れ日が彼の姿を優しく照らしている。その顔に浮かんでいるのは、無邪気なのにやけに色っぽい笑み。

とくんと大きく、心臓が跳ねる。やっぱり、ここのどの花々よりも彼のほうが素敵だ。

そのまま、すぐ近くで彼の目を見つめ続ける。何も言えないまま、ただひたすらに。

「……やっぱり、ちょっと照れくさいですね」

不意に、コーニーがそうつぶやいた。ちょっぴり頬を染めながら、優雅な仕草で身を起こしている。

「ああ、そこの枝が低いところまで伸びていますよ。今度はこの薄紅色の花を、間近で見てみましょう」

彼の手を借りて私も立ち上がり、また歩き出す。浮かれた気持ちと楽しい気持ちだけが胸に満ちていて、とっても幸せだなと、そう思った。

◇・◇・◇

今私たちがピクニックに来ているこの花畑には、少年の頃から何度も足を運んでいます。地面を埋め尽くす一面の花々、その中にたたずむ、春のこのひと時だけ淡い薄紅色の花をあふれんばかりに咲かせる木。

毎回私は、この美しい世界に心を奪われていました。家族が声をかけても気づかないくらいに一心に、花々を眺めていたものです。

けれど今、私は初めて、花以外のものに見とれていました。つややかな栗色の髪を風になびかせながら、優しい笑顔で花盛りの枝を見つめているレベッカ。その姿を目に焼きつけることしか考えられなくなっていたのです。

その時、ぶわりと強い風が吹き抜けました。花畑にさざ波がわき起こり、木の梢が優しく揺れます。レベッカの髪が、さらりとたなびいて……ああ、こんなにも美しいものがこの世に存在していたなんて。

「コーニー？　どうかしましたか？」

私の視線に気づいたのでしょう、レベッカがこちらを振り向きました。ほんの少しはにかむようなその表情の、愛らしいことと言ったら。

「いいえ、素敵な光景だなと、そう思っていたんです」

とっさにそう答えながらも、まるで少年の頃のような、みずみずしいときめきが胸を満たしているのを感じました。いっそこのまま、思いを告げても……いえ、まだ早いですね。急いてしまって彼女を困惑させたくはありません。……それに私には、本来の身分のこともありますし。慎重にいかなくては。

それはそうと、ロザリンドは今日、どうにかして私とレベッカを二人きりにしようと頑張っているようです。ひたすらに走り回って私たちから距離を取っていますし、目が合うと『こっちに来るな』と身振り手振りで伝えてきます。

　もっとも、そのおかげでとても幸せな時間を過ごせてはいるのですが。ただ、ロザリンドのふるまいが露骨過ぎて、ちょっぴり心配になっています。あれではそのうち、レベッカに気づかれてしまうのではないかと。もしそうなったら、どう説明したものか悩みます。

　手をつないだまま、そっとレベッカの様子をうかがいました。彼女は幸せそうに目を細めて、春の草原に見入っていました。今のところ、大丈夫そうですね。

　ならばもう、細かいことは気にしないことにしましょう。そう開き直って、この状況を楽しむことにしました。ついつい顔が緩むのを感じながら。


　昼近くなった頃、ようやくロザリンドが遠くから手招きしてきました。その隣では、どうやらランドルフがお湯をわかしてお茶の準備をしているようです。

「行きましょう、そろそろ昼食の時間ですよ」

　レベッカの手を引いてそちらに歩いていき、敷物の上に腰を下ろします。そうして、みんなで食器を並べていきました。バスケットの中の小箱を開けると、一口で食べられる大きさのサンドイッチが可愛らしい姿を見せました。

「おいしそうですわ……どれからいただきましょう……」

「そうね、本当においしそう。……いつも思うのだけれど、オーンブルの別荘の料理人って、びっくりするほどの腕利きね」

うっとりしながらレベッカがつぶやいた言葉に、ちょっとだけ焦ってしまいました。料理人だけでなく、あの別荘にいる使用人のほとんどは、普段は王宮で働いているのです。仕事の腕はもちろん一流、私たちの秘密もきちんと守れるとても立派な方々です。

そんなことを考えつつ、さらりと話をそらしました。

「レベッカ、遠慮なく好きなものを食べてくださいね。放っておくと、ロージーがイチゴを全部食べてしまいますから」

「まあっ、ひどいですわお兄様！　それはわたくしが小さな頃の話でしてよ！」

「そうだな。最近では、まず全員にきちんと分けてから、改めて俺たちにおねだりしてイチゴを手に入れているのだからな。とても賢くなった」

「ちょっと、ランディまで！」

ランドルフも、一緒になって話をそらしてくれました。ぷうと膨れるロザリンドに、レベッカが明るい笑い声を上げています。

そうして、にぎやかな昼食が始まりました。暖かな日差しの中、そよ風を感じながらの食事は、いつも以上においしく感じられます。屋外でのお茶会と似ているようで、全然違います。私は、こちらのほうがずっと好きです。

「そこの花、初めて見るもののような……」

のんびりとお喋りをしながら食事を続けていると、レベッカがすぐ近くに咲いている花を見て首をかしげました。彼女の視線の先には、赤く儚げな花が群れを作っています。

「この辺りにはたくさん生えているんですけど、よそにはあまりない、そんな花なんですのよ」

すかさず、ロザリンドが張り切って答えました。

「わたくし、この花が好きなんですの。色鮮やかで、けれどとっても繊細で……」

優しい目で花を見ていたロザリンドが、何かをひらめいたような顔になりました。

「そうですわ！　今度、この花をパッチワークで表してみようと思いますの」

レベッカに裁縫を習ってからというもの、ロザリンドはすっかりパッチワークが気に入ったようでした。思いつくまま、つたないながらも懸命に、布をはぎ合わせています。

「ねえレベッカ、こないだ話していたやり方、教えてくださいませ。この花のパッチワークには、ちょうどよさそうですから」

「ええ、もちろんよ。素敵な作品になるといいわね」

そうやって二人は、顔を突き合わせて仲良くお喋りし始めました。まるで姉妹のようだなと、ふとそんなことを思います。

……いつか、二人が本当に姉妹になる日が来ますように。そんなことをこっそり祈らずにはいられませんでした。

◇・◇・◇

今日のピクニックは、とっても楽しかった。また行こうとみんなで笑い合いながら、別荘に戻ってきた。そうしてはしゃぎながら夕食をとり、いつものように眠りについて。

しかし次の日の朝、朝食の席にロージーの姿がなかった。コーニーとランディは、二人そろって難しい顔をしている。

「おはようございます。あの、ロージーはどうしたんですか？」

戸惑いつつ声をかけると、二人は同時にこちらを向いた。

「ロージーが、熱を出してしまったのです」

「さすがに昨日の疲れが出たらしい。本人は『これくらい、どうということありませんわ！』と騒いでいたが」

「えっ、大丈夫なんでしょうか……」

「はい、いつもよりはずっと症状が軽いので。とはいえ、今日は一日休養です」

「よかったら、後で見舞いにいってやってくれ。あいつも喜ぶ」

そう答えた二人に、無言でうなずいた。


大急ぎで朝食を終えて、すぐにロージーの部屋に駆けつける。彼女は寝台に横たわり、ふかふかの寝具に埋もれたままこちらを見た。

「あ、レベッカ……来てくださったんですの」

「……顔が赤いわ。辛くない？」

寝台のすぐ横に置かれた椅子に腰を下ろし、ロージーの顔をのぞき込んだ。顔がほんのりと赤く、目つきもとろんとしている。手に触れたら、いつもより熱かった。

「ええ。今回は熱だけですから。お兄様もランディも、騒ぎ過ぎですわ」

いつもと同じように明るく言い切ったロージーだったが、すぐに悲しげに目を伏せてしまう。

「……とはいえ、悔しいですわ……わたくし、もっともっとあなたと遊びたいのに……」

「ゆっくり休んで、元気になったらまた遊びましょう。私はどこにも行かないわ、ずっとあなたたちのそばにいるから」

柔らかな金色の髪をなでながら、そう語りかける。ロージーは小さくうなずいたものの、まだしょんぼりしたままだった。どうにかして励ましてあげたくて、懸命に考える。やがて、あることを思いついた。

「ねえロージー、元気になったらしてみたいこととか、欲しいものとか、ないかしら？」

私の言葉に、彼女はぼんやりとした顔で目を合わせてきた。

「そういうものがあれば、前向きな気分で休養できる気がするの。元気になったらあれをするんだ！　とか、そんな感じで」

ロージーは少しの間考え込んでいるようだったけれど、やがてぽつりと口を開いた。

「……レベッカ、でしたら……一つ、わがままを言ってもいいかしら？」

笑顔でうなずくと、彼女は思いもかけない言葉を口にした。

「ドレスを作って欲しいんですの。わたくしのために」

「えっと、ドレス？　コーニーに、何着も作ってもらっているわよね……？」

ロージーは目を細めて、小さくうなずく。

「お兄様とあなた、二人で作ったドレスがいいですわ。仮面舞踏会で見たあなたとお兄様が、とっても素敵で……わたくしもとびきり変わった、とても素敵なドレスが着てみたいな、って」

そこまで語ったところで、彼女の表情がふと曇った。

「でも、わたくしはまだ十歳。今作ってもらっても、すぐに着られなくなってしまいますもの。わたくし、そのことがいつも悲しくて。今着られて、大人になっても着られるドレス……は、さすがに難しいかしら」

「分かったわ、ロージー。その願い、きっと叶えてみせるから！」

力強くうなずいて、彼女の部屋を後にする。そうして、廊下を大股で駆け抜けた。

第十二章　楽しいお喋りとお裁縫

　それは、私がレベッカとランドルフ、三人だけの朝食を終えて自室に戻り、一息ついた時のことでした。

「コーニー、ドレスを作りましょう！」

　ロザリンドのお見舞いに行っていたはずのレベッカが、息を切らして私の部屋にやってきました。その勢いに驚いて、ぽかんとしてしまいます。

　そうして彼女から話を聞いて、私はまた驚かされました。

　私がドレスを贈るたび、ロザリンドはいつも大喜びしてくれましたし、着られなくなったドレスも大切にしてくれていました。だから彼女が、大人になってもずっと着られるドレスが欲しいと思っていたことに、私は少しも気づかなかったのです。

　レベッカには、感謝しなくてはなりませんね。彼女がいなかったら、私はあと何年も、ロザリンドに悲しい思いをさせ続けていたのですから。

「レベッカ、力を貸してくれますね？　ロージーの願いを叶えるには、あなたの力が必要なんです」

「はい、もちろんです！」

　力強くそう答える彼女は、とても頼もしく思えました。正直、ロザリンドが望むドレスをどんなものにするか、どうやって作り上げるか、まだ見当がついていません。

けれど、レベッカがいてくれるのなら大丈夫です。私たち二人で、必ず美しいドレスを作り上げてみせる。そんな決意と未来への期待に、私の胸は高鳴っていました。

◇・◇・◇

二人で一緒に、ロージーのためのドレスを作ろう。そう決めた私とコーニーは、すぐに話し合いを始めた。かなり複雑なデザインになるだろうし、きっとてこずるだろうと思いながら。

しかし私たちの予想とは裏腹に、驚くほどすんなりとドレスのデザインは決まってしまった。それどころかその日のうちに、型紙の試作品までできあがってしまったのだ。

次の日、私たちはやはり手早く裁断を終わらせて、猛烈な勢いで縫い始めていた。前に一対の衣装を協力して縫い上げたからか、私たちは驚くほど息が合っていた。

そこからは一切打ち合わせすることなく、それどころかろくに言葉を交わすことなく、それぞれ思い思いに縫い続けていく。そうしているうちに、どんどんドレスが形になってきていた。

ロージーの熱は、丸一日で下がった。けれど彼女は、自主的に自室で療養を続けることにしたらしい。なんと彼女は、私たちが作っているドレスが完成するまで作業部屋には入りませんわと、そう宣言したのだ。時折顔を出すランディを暇つぶしにつき合わせながら、彼女はのんびりと待ってくれていた。

おかげで私とコーニーは、今までに縫ったことのない、とびきり変わったドレスの制作に心ゆくまで打ち込めた。

　春風がそよそよと吹き込む作業部屋で、コーニーと二人きり、思う存分裁縫だけに集中する。たったそれだけのことに、この上ない幸せを感じていた。とても真剣な顔で針を動かしている彼の姿をそっと横目で見ていたら、自然と大きな笑みが浮かんできた。

◆◆◆

　そうやって、二人きりでせっせと作業を続けることひと月近く。

「きゃあ、素敵なドレスですわ‼　とっても不思議で、綺麗‼」

　ドレスが完成したと聞いたロージーは、弾むような足取りで作業部屋までやってきた。そうしてドレスを目にするなり、両手を頬に当てて歓声を上げた。

　カンパニュラの花を思わせる、ベルを伏せたような優しい淡紫色のドレス。

　このドレスは、袖のない、胸元から足までさらりと流れるワンピースの型を流用したものだ。大人の女性の大きさに合わせてあるので、そのまま今のロージーに着せたらがばがばになってしまう。なので布を持ち上げて、胸の辺りで複雑に縫い留めてある。彼女が成長したら、留めてある糸を切れば一枚のワンピースになる。

　袖は細長い葉を模したパーツをいくつもつないで、筒状にしたものだ。つなぎ目を変えれば、いくらでも大きさは調節できる。

　そんな説明を聞いたロージーは、ちょっぴり涙ぐんでぺこりと頭を下げた。

「ううっ、ありがとう、お兄様、レベッカ……」

彼女はそっと目元を指で拭っていたけれど、ふと一転して明るい笑みを浮かべる。

「せっかくですから、このドレスもきちんとおひろめしたいですわ！　それで、どうせなら……」

私とコーニーの顔を交互に見ながら、彼女は続ける。

「お兄様とレベッカにも着飾ってもらって、みんなで繰り出したいですわ。駄目かしら？」

可愛らしい上目遣いで、ロージーがおねだりしてくる。ちょっと返事に詰まり、コーニーと顔を見合わせた。

「ロージーがそう言うのなら、私は構いませんけど……」

「どうしましょうか、レベッカ？　仮面舞踏会の時の衣装を持ち出しますか？」

「あの衣装は、もっとずっと豪華で、ロージーのドレスとはかなり雰囲気が違いますし……」

「そうですね。ロージーのドレスのおひろめなのですから、私たちが不用意に目立ってしまうのもどうかと思います」

「だったら……」

「決まりですね」

そうやってこそこそと相談し合う私たちを、ロージーはとっても満足げに見守っていた。

それから私とコーニーは、また縫い物に取りかかっていた。前以上に猛烈な勢いで。

私たちは、新たにドレスと礼服を縫っていたのだった。デザイン自体は、あっという間に決まった。コーニーは私のドレスの、私はコーニーの礼服のデザインを提案したのだ。

コーニーは「実はあなたに似合いそうなデザインがいくつも浮かんでいたのですが、一緒に作りましょうと言い出すきっかけがなくて」と照れながら白状した。

そして私は私で、また着飾ったコーニーを見たいなと、ずっと思っていたのだった。どう切り出したものか分からなくて、内緒にしていたけれど。

前の礼服よりも、もう少しだけ普通の装いに寄せれば、きっと彼は王子様のように見えるに違いない。……男爵家で生まれ育った私にとって、王子様は文字通り雲の上の人で、会うどころか姿を見たことすらない。だから、あくまでもふわっとした想像でしかないのだけれど。

またしても毎日のように作業を続ける私たちの様子を、ロージーとランディが時折見にきていた。

四人でお喋りしながら、心のままに描いたデザインを形にしていく。その作業は、とっても楽しかった……のだけれど。

「息がぴったりですわ……一緒にお裁縫をしているというより、まるでダンスを踊っているようう」

「コーニー、また裁縫の腕を上げたか？　俺には細かいことは分からんが、以前よりずっと、美しく繊細な仕上がりになったように見える。レベッカの影響か？」

ロージーとランディは、さらに熱烈な褒め言葉をかけてくるようになっていた。そうして照れる私を、コーニーが温かい目で見守る。それが、いつもの光景になっていた。どうにも慣れない。照れくさい。

何か、違う話題に持っていけないかな。そう思った時、ふと思い出した。

「あ、ところで昨日、両親から手紙が来たんですが」

アレク様と結婚してイーリスの家を出てから、私は両親と手紙のやり取りを続けていた。

「先日、両親のところに王宮から書状が届いたんだそうです。陛下が即位されてから五年経ったことを機に、臣下たちへの感謝の言葉を述べられた、そんな書状が。なんと、陛下直筆の署名入りで」

私がそう口にしたとたん、コーニーが笑顔のまま手を止めた。ロージーがひゅっと息を吸い、ランディがすっと視線をそらす。

何だろう、みんなちょっと様子がおかしいような。首をかしげつつ、続きを口にする。

「オーンブルの家にも、同じような書状が届いているんでしょうね……ふふ、見てみたいです」

するとロージーが、やけにぎこちなく口を挟んできた。

「あ、あの、レベッカ……本当に、そんなものを、わざわざ見たいんですの？」

「ロージー、『そんなもの』って言い方はないと思うわ。陛下からの書状よ？　もっと敬意を払わないと」

そうたしなめたら、今度はランディが口を開いた。困ったように眉をひそめながら。

「……レベッカ。君の王家に対する忠誠心が強いのは、いいことだとは思うが……」

「忠誠心というより、興味と言ったほうが正しいかもしれません。王族の方々って、どんな人たちなのかなって気になっていて……」

みんなを見回して、小さく笑う。

「子供っぽいかもしれませんが、私、昔から王子様に憧れていたんです。実は仮面舞踏会の時、もしかしたらお姿くらいは拝見できるかなって、ちょっぴり期待していました」

そう白状したとたん、コーニーが真っ赤になった。明らかにうろたえている。

「……コーニー？」

「あっ、は、はいっ！」

不思議に思って、そう声をかける。すると彼は座ったままびくりと跳ね、その拍子に針で指を刺してしまった。

「まあ、大変ですわ！」

「今、傷薬を取ってくる！」

ロージーとランディが急に声を張り上げて、ばたばたと足音も荒く作業部屋を出ていく。コーニーはわずかに血がにじんだ指先を見て、苦笑しながら言った。

「その……いつか、王子様に会えるといいですね」

「ありがとうございます。あなたにそう言ってもらえると、本当に会えそうな気がします」

素直にそう答えたら、またコーニーは真っ赤になっていた。不思議だなあと思いつつ、戻ってきたロージーとランディから道具を受け取り、コーニーの手当てに取りかかった。

そんなこんなではしゃぎつつ、さらにもうひと月ちょっと作業を続けて。

◆◆◆

「三着並ぶと、壮観ですわね……」

私たちの前には新しいドレスと礼服、それにロージーのためのドレスが並んでいた。様子を見にきたランディと四人して、その様をうっとりと眺める。

ロージーの淡紫のドレスが着せつけられたトルソーに寄り添うように、もう二体のトルソーが並んでいる。片方には新しいドレスが、もう片方には礼服が着せられていた。

私の新しいドレスは、淡く優しい黄色だ。

基本のつくりは、前のドレスと似ている。腰からではなく、胸のすぐ下から流れ落ちる細身のスカートに短い袖。けれど今回は、刺繍はほんの少しだけ。せっかくなので、ロージーのドレスの刺繍とおそろいにしてみた。

さらに、複雑な形に切り抜いた柔らかな布をスカートのすそと襟ぐりに縫いつけてある。ちょうど、タンポポの花みたいになるように。

コーニーの礼服は、柔らかな若葉色。こちらも、前の礼服とほぼ同じつくりだ。そしてやっぱり、胸元におそろいの刺繍をあしらってある。

そして、今回は右肩にマントを追加した。普通のマントよりずっと薄い、うっすらと透けて見える薄紅色の布だ。布の重なりによって生まれる色の濃淡が、とっても美しい。マントのあちこちにはきらきら輝く小さなビーズが縫いつけられていて、動くたび素敵なきらめきを見せる。

彼の礼服は、ピクニックの時に二人並んで見上げた、あの薄紅色の木の姿を参考にしているのだ。まず他の人たちには気づかれないだろうけど。私たち、二人だけの秘密だ。

「満足いくものができました。このドレスをまとうあなたを、早く見てみたいですね」

「ええ、私も……きっとこの礼服を着たあなたは、とっても優美な王子様のように見えると思います」

そう言ったら、コーニーたちが一瞬何とも言えない顔をした。

「ふふ、ありがとうございます。おそれ多いですが、嬉しいです」

コーニーのそんな返事に、ロージーとランディが同時に顔をこわばらせた。気のせいだろうか、二人が笑いをこらえているように見えるのは。

と、ロージーがふと何かを思いついたという様子で衣装たちに向き直る。

「とっても素敵ですけれど……どうせなら、もうちょっと特別な雰囲気にしたいですわね……」

そうつぶやくなり、ロージーは作業部屋を飛び出していった。ぱたぱたという足音が遠ざかっていき、しばらくして、また元気な足音が戻ってきた。

「お兄様、レベッカ、これをつければさらに素敵になりますわ！」

そう言って、彼女は小さなブローチを二つ掲げている。細かな彫刻が施された銀の台座に宝石が留めつけられたもので、片方はエメラルドが、もう片方はダイヤモンドが輝いている。派手ではないものの、石の質といい細工の細かさといい、結構価値の高いもののような……。

そうして彼女は流れるような動きで、私のドレスとコーニーの礼服、その刺繍のそばにブローチを留めつけた。礼服にはダイヤモンドを、ドレスにはエメラルドを。

控えめに、しかし鮮やかにきらめくブローチは、まるで最初から衣装の一部だったかのように、とてもしっくりとなじんでいた。

感心しながら見つめる私たちの前で、ロージーはさらに別のブローチを自分のドレスの胸元に留めている。手の込んだ細工が施されていて、その大人っぽさがドレスの甘さをいい感じに引きしめていた。

「お兄様とレベッカがおそろい、とってもいい感じですわね！」

満足そうなロージーとは裏腹に、今度はコーニーとランディが複雑そうな顔になってしまった。

「確かに、このブローチは私たちの衣装にぴったりですが……」

「これを貸すのは、ちょっとな……」

いくらオーンブル伯爵家が裕福だからといって、ここまで上質な宝石をぽんと貸すのはさすがにまずいのだろう。私からも、辞退したほうがよさそうだ。

しかし私が口を開くより先に、ロージーが眉をきりりと吊り上げた。

「あら、お兄様、ランディ！　レベッカはこのブローチにふさわしくないと、そうおっしゃるの⁉」

彼女の猛烈な反論に、コーニーとランディが返事に詰まる。すると彼女はこちらに向き直り、笑顔で呼びかけた。

「ねえ、レベッカ。このブローチ、あなたに差し上げますわ！　わたくしたちの友情の証として」

「ええっ⁉」

あまりにとんでもない提案に、ばっとコーニーを見る。けれど彼はあきらめたような顔で、そっと首を横に振っていた。

「どうぞ、受け取ってください。覚悟は決めました」

覚悟って何だろう。あのブローチって、そんなにとんでもないものなのかな。困惑していると、ランディが独り言のようにつぶやいた。

「あのブローチを、レベッカに譲る、か……まあ、いずれは似たようなことになったのだろうし、順番が少し入れ替わっただけと言えなくもないか……頑張れ、コーニー」

そう声をかけられたコーニーは、なぜかほんのり頬を染めていた。

第十三章　称賛の声に包まれて

新たな衣装が完成して数日後、私はコーニーとロージーと共にお茶会に向かっていた。

今日のお茶会は、広い庭園で開かれる気楽なものらしい。そういったお茶会であれば、疲れやすいロージーも安心して楽しめるだろう。

馬車の中で、二人はずっと楽しげに話し続けていた。素敵な礼服とドレスに身を包んで。

そうやって浮かれている二人とは裏腹に、私はちょっぴり憂鬱な気持ちを感じていた。どうしても、アレク様とのあのお茶会を思い出さずにはいられなかったのだ。もう全部過ぎたことだと、分かっているのに。

すると、ロージーが軽やかに呼びかけてきた。

「ふふっ、久しぶりのお茶会、とっても楽しみですわ。……わたくしにとってお茶会は、あなたと出会えた大切な大切な場所なんですのよ」

彼女はとても穏やかに、慈しむように笑いかけてくる。まるで、私の憂いを見抜いたかのように。

「これからあなたを待っているのは、とびきり素敵な時間です。過去の悲しみを振り返っている暇なんてありませんよ」

コーニーもそう言って、にっこり笑う。向かいの座席に並ぶ二つの笑顔に、胸がじんと温かくなった。

何か言葉を返したいと思うのに、言葉が出てこない。ただひたすらに、じっと二人を見つめ続ける。そうしていたら、馬車が停まった。

「あら、もう到着してしまいましたわね。もうちょっと、レベッカに見とれていたかったんですけれど。それでは、お先に失礼いたしますわ！」

ゆっくりと開けられた扉から、ロージーがはしゃいだ足取りで飛び出していく。その背中をぼんやりと見送ったその時、優しい声がした。

「さあ、私たちも行きましょう。お手をどうぞ、レベッカ」

コーニーが柔らかく微笑んで、手を差し出してきた。そろそろとその手を取り、彼に連れられて馬車を降りる。とたん、まばゆい日差しが降り注いだ。その温かさにちょっぴり泣きそうになりながら、つないだ手にそっと力を込めた。


そうして私たちは、使用人に案内されて庭園へと足を運んだ。

庭園のあちこちで咲き誇る色鮮やかな花々に、初夏のさわやかな日差しがさんさんと降り注いでいる。花々の向こうに、テーブルと椅子がたくさん用意されているのが見えている。その周囲で、思い思いにふらふらしていたらしい人々の姿も。

ついさっきまで、この場には和やかなお喋りが満ちていたのだろう。けれど今、辺りは驚くほどに静まり返ってしまっていた。

人々は驚きと感嘆を顔いっぱいに浮かべ、私たちを食い入るように見つめていた。身じろぎすらせずに、呆然と。

思わずたじろいで後ずさる私を、そっとコーニーが支える。そうしてロージーが、澄ました顔で進み出た。自分に向けられた数え切れない視線を、ものともしていない。

「ごきげんよう、みなさま。わたくし、ロージー・オーンブルと申します。今日はどうぞ、よろしくお願いいいたしますわ」

スカートをつまんで、ロージーがちょこんとお辞儀をする。その優雅でおっとりとしたふるまいに、ようやく人々は我に返ったようだった。またそろそろとお喋りに戻っていく。けれどその視線は相変わらず、ちらちらとこちらに向けられ続けていた。

「やっぱり、注目されてしまいましたね……前のドレスよりも、地味で素朴なものにしたのに」

「けれど、あなたにとてもよく似合っています。だからみなさん、目を離せないんですよ」

「そ、それを言うなら、コーニーも王子様みたいで、とっても素敵で……」

素直にそう返したら、彼はおかしそうにちょっと目を見張った。私たちの話を聞いていたロージーが、くすくすと笑っている。

私、そんなに変なことを言ったかな。首をかしげたその時、妙なものが目についた。令嬢たちが数人、こちらに向かってまっすぐに歩いてくるのだ。やけにこわばった、真剣そのものの表情で。異様な気迫すら感じさせる、ちょっと異様な雰囲気だ。こっちはこっちで、どうしたのだろう。

そうして、彼女たちは私たちを取り囲んでしまう。と思ったら、中の一人が進み出てきた。震える声で、唐突に尋ねてくる。

「あのっ、そちらのお二人は、前に王宮の仮面舞踏会に出ておられませんでした？」

「ふふ、それは尋ねない決まりですよ」

互いの素性をせんさくしない。それが、あの仮面舞踏会の決まりだ。いたずらっぽく笑いながら、コーニーがそっとたしなめる。

「あ、そうでした……！　ごめんなさい！」

あわてて謝罪しつつも、彼女たちの熱い視線は少しも揺らがない。どうやら完全に、私たちがあの時の二人だと確信してしまっているらしい。

「ええと、ですね……お二人のその衣装を見た時、私たちはあの日のとびきり美しいあの衣装のことを思い出したんです！」

そう前置きして、彼女たちは話し出した。口々に、とても熱心に。

「あの時私、夢でも見ているのかと思いました。それくらいに素敵なお姿でした……」

「私たちみんな、あの時のドレスと礼装が忘れられなくなってしまったんです」

「似たようなものを再現できないかと、職人たちに頑張らせてはいるのですけれど……中々、うまくいかなくて」

「せめてもう一度、あの時のお二人にお目にかかれないかって、ずっとそう思ってたんです。もう一度、あの衣装を見たくて……できることなら、あの衣装についてお話ができないかって」

切なげにそうつぶやいた令嬢の一人が、とてもまっすぐな目でこちらを見つめた。

「あなた方が、あの時のお二人でなくてもいいんです。あの衣装と似た、見事なものをまとった方をようやく見つけたんです。どうか、お話を聞かせてください！」

「お願いします！」

そうして彼女たちは、一斉に頭を下げた。思いもしなかった展開に戸惑っていると、コーニーがふふっと小さく笑った。顔を上げた令嬢たちに、優しく語りかける。

「私たちのこの衣装をお褒めいただき、ありがとうございます。私はコーニー・オーンブル、こちらのロージーの兄です」

コーニーに見とれてしまったのか、令嬢たちがぽっと頬を染める。それを見て、胸がちりりと焦げるのを感じた。

そういえば、彼が若い女性とこんな風に話しているのを目にするのは、初めてだ。あの仮面舞踏会の時は、軽い挨拶を交わし、称賛の言葉をもらうだけだったから。

「わ、私はレベッカ・イーリスです。コーニーとロージーのところでお世話になっています」

そのせいか、ついむきになってしまった。コーニーと令嬢たちの間に割り込むようにして、声を張り上げる。

令嬢たちもそれぞれ名乗ると、さらに私たちに近づいてきた。好奇心もあらわに、まじまじと私たちの衣装を観察し始めたのだ。

「とっても素敵なお召し物……仮面舞踏会の時の衣装と似た作りなのに、がらりと雰囲気が変わっていて……」

「こちらの衣装は、飾りの布が特徴的ですわね。まあ、こんな飾りつけ方もあるんですのね……」

「控えめな分、刺繍の見事さが引き立っていますね」

そして彼女たちは、私のドレスとコーニーの礼服だけでなく、ロージーのドレスにも注目していた。

「ロージーさんのドレスも、とっても愛らしいわ。従来のドレスとはかなり違うけれど、だからこそ余計に可愛いのかも」

「布の垂れ下がり方が、また優美で……何だか、花の妖精を思い出しました」

そんな言葉に、ロージーはドレスを見せつけるように笑顔でくるりと回っている。彼女をひとしきり褒めそやすと、令嬢たちはまたこちらに向き直ってきた。

「これだけの衣装をデザインした方は、きっと新進気鋭の職人なのだと思います」

「それにこれを縫い上げたお針子も、ただ者ではありませんね」

「あの、よければなのですが……その職人やお針子を紹介してはもらえませんか？　引き抜こうなどとは思っていません。ただ、うちの職人やお針子たちに、技術を伝えていただければと……」

どうやら彼女たちの一番の目的は、これだったらしい。みんなとても緊張した顔で、じっとコーニーを見つめていた。

そんな彼女たちの緊張を和らげるように、コーニーが柔らかな声で答える。

「この衣装は私とレベッカが一緒に考え、私たち二人だけで縫い上げたのです」

一瞬、沈黙が満ちた。そして次の瞬間、周り中からどよめきの声が上がった。信じられないといったような顔で、令嬢たちが私たちの顔と衣装を交互に見ている。

「私たちは休暇中ですので、みなさんの屋敷を訪ねて回るというのは、少々……」

コーニーの言葉に、令嬢たちが露骨にがっかりした顔になる。

そこまでこの衣装を気に入ってもらえたのかと思うと、ちょっと誇らしい。けれど同時に、どうにかしてあげられないかなとも思ってしまう。美しく素敵なドレスに焦がれ、それを作り上げたいと願う気持ちは、とてもよく分かるから。

すると、不意にコーニーがにっこりと笑った。

「ですが、基本となる型の大まかな形くらいでしたら、手紙でお教えすることもできますよ。それを元に、それぞれの職人に工夫してもらえば何とかなると思います」

すると彼女たちは、一斉に顔を輝かせた。ぜひお願いします、ありがとうございます！　という声が次々と上がる。

ずっとコーニーが夢に描いていた、美しいけれど風変わりなドレスは、こんなにも人々に受け入れられている。ただ称賛されるだけでなく、同じものを作ってみたいと、そう人々に思わせるほどに。

きっとこれからの社交界には、同じような軽やかなドレスが、次々と姿を現していくに違いない。その様を想像すると、とってもくすぐったい気分になる。

よかった。彼に力を貸してきて、本当によかった。そう思うのに、胸の奥で何かが、ずっとちくちくしているのを感じていた。

◇・◇・◇

ああ、まさかあの衣装が、ここまで人々を魅了していたなんて。

かつて、仮面舞踏会で私たちの衣装を見かけた令嬢たち。彼女たちは、私たちの衣装のとりこになっているようでした。そのことが、嬉しくてたまりません。

ですので私は、彼女たちにあれこれ尋ねられるたびに、一つ一つ丁寧に答えていきました。そうしているうちに少しずつ人数が増えていき、気がつけば私たちはたくさんの女性たちに囲まれてしまっていました。

王太子に令嬢が殺到することなんてめったにありませんし、私はお忍びの間もあまり人と関わらないように、のんびり静かに過ごしています。そういう訳で、さすがにこの状況には戸惑わずにいられませんでした。

とにかく、質問に答え切ればこの騒動も落ち着くでしょう。そう考えてせっせと話し続けていたら、脇腹に何かが当たりました。

ふとそちらを見ると、険しい顔で私をにらんでいるロザリンドと目が合いました。どうやら彼女が、こっそりと肘で小突いてきていたようです。

すると彼女は、視線だけでレベッカを指し示しました。レベッカは礼儀正しくたたずみながら、ちょっぴり寂しそうな笑みを浮かべています。

ああ、いけません。いきなりたくさんの方々に押しかけられて困惑していたとはいえ、彼女を放置してしまうなんて。そんな焦りがこみ上げると同時に、ほのかな嬉しさも感じていました。彼女のあの表情は、もしかして……少しだけ、妬いてくれたのかもしれない。そんなことを思ってしまって。

そんな浅ましい自分を内心で叱咤しつつ、すっと隣のレベッカに向き直りました。

「このドレスは、基本となるデザインが従来のものとはまるで違っています。どうやって飾り立てるかについても、工夫のしがいがあります」

先ほどまでの説明に続けるようにして、さりげなくそんな話題にもっていきます。

「このように柔らかな飾り布をつけてもいいですし、控えめに宝石をあしらってもいいですね」

語りながら、すっとレベッカの腰を抱き寄せました。突然のことにびっくりしているのが、何とも可愛らしいです。

「ですが、私はやっぱり、繊細な刺繍が似合うと思うのです」

そうしてレベッカに身を寄せて、胸元のおそろいの刺繍を令嬢たちに見せつけます。

「見てください、こちらの刺繍を。これらはみな、レベッカが縫い取ってくれたんです」

令嬢たちが、私たちの胸元に注目しました。

「私は彼女の刺繍を一目見た時、確信しました。彼女こそ、私がずっと待ち焦がれていた人なのだと」

あの時は、素晴らしい手芸の腕前の持ち主に巡り合えたことを喜んでいました。何やら訳ありのようでしたし、できれば力になってあげたいと思いつつも、あくまでもドレスを作る者同士という立場を貫いていました。……彼女は他人の妻なのだから、私たちの間にある線を踏み越えてはならない。無意識のうちに、そう自分に言い聞かせていたのです。

でも、今はもう違います。私は何一つ気兼ねすることなく彼女に近づくことができるのです。ちょうど今、こうして触れ合っているように。そして、私はもう自分の思いを自覚しています。いつか、この思いを彼女に告げたい、とも。

……今ここで本当の想いを告げてしまったら、レベッカは寂しそうな顔をしなくなるでしょうか。ふと、そんな考えが頭をよぎりました。けれどすぐに、思い直します。

すぐ近くに、恥じらっているレベッカの顔が見えました。そわそわしつつも、それでもそっと私に寄り添ってくれています。

きっともう、彼女は寂しくない。そして今これ以上の思いを口にしたら、目立つのが苦手な彼女を困らせてしまうでしょう。

ですから、続きはまたの機会としましょう。そう決めて、素知らぬ顔でおっとりと微笑みました。

「……と、彼女のように卓越した技術を持つお針子がいれば、きっとみなさんの新しいドレスも、より素敵なものになるでしょう。参考になると嬉しいです」

令嬢たちがぽかんとした顔で、同時にうなずきました。レベッカの腰に回した、私の手をさりげなく見ながら。

◇・◇・◇

令嬢たちの質問の嵐もようやく落ち着いてきたところで、ひとまずコーニーと一緒にお茶を飲みながら休憩することにした。さっきまで私たちがもみくちゃにされているのを見ていたからか、他の参加者たちは私たちのことをそっとしておいてくれていた。おかげで、ゆっくり休める。

ちなみにロージーは、「このドレスをもっともっと見せびらかしてきますわ！」と言い残して、私たちを残して人ごみの中に突進していってしまった。

「仮面舞踏会において、私たちの衣装は驚きと称賛をもって迎えられました。そのことは、間違いないと思います」

さすがに話し疲れたのか、お茶を飲んでいたコーニーが遠くに目をやってつぶやく。

「けれどまさか、みなさんが似たようなものを作りたくて、私たちのことを探そうとしていたなんて想像もしていませんでした」

どことなくぼんやりとした表情で、彼はそんなことを言っていた。

「自分で言うのもどうかと思いますが、あの衣装は少々……突拍子もないデザインですから」

ほうとため息をついている彼に、くすりと笑いながら応える。

「それだけコーニーのデザインが優れていた、ということですよ。私もあの令嬢たちの立場だったなら、同じように考えたに決まってます」

私の声は、ちょっぴり浮かれていた。コーニーが女性たちに熱い視線を向けられていたのはちょっと嫌な感じだったけれど、それでも彼の技術が認められたことそのものはとても嬉しかったから。

すると、彼が勢いよくこちらに向き直った。

「いえ、それはあなたの腕前あってこそなのです」

さっきまでの疲れた様子はどこへやら、彼はきらきらと目を輝かせて熱く語り出す。

「あなたの刺繍があの最高傑作の衣装を彩ってくれなければ、あの衣装はもっとみすぼらしいものになってしまったでしょう。そうして人々はあの衣装を、ただ奇をてらっただけのものと受け取ったでしょう」

「その、そうでしょうか……」

「ええ、もちろんです。あの最高傑作の衣装が人々を魅了したからこそ、人々はこのデザインに興味を持ち、受け入れ、取り入れようと考えたのですよ」

一気にそう言うと、彼は優しく微笑んだ。

「……仮面舞踏会の時からずっと、誰かに言いたくて仕方がなかったんです。この素晴らしい刺繍は全て彼女の手によるものなのですと、そう自慢したくてたまらなかったんです。ですので最高傑作のおひろめの場として仮面舞踏会を選んだことを、ちょっぴり後悔していました」

「ありがとう、ございます……」

　コーニーの熱心な褒め言葉に照れてしまった拍子に、さっき彼が私の腕前について令嬢たちに語った時のことを思い出してしまった。やけにしっかりと私を抱き寄せていた、コーニーの腕の感触を。

「それはそうと、さっきのは……」

　令嬢たちが彼に殺到して、彼の言葉に興味深そうに耳を傾けていて。その様を見ていたら、胸が苦しくなってしまった。でもコーニーが私を抱き寄せて、私のことを熱心に語ってくれた。たったそれだけのことで、驚くほどあっさりと苦しみが消えていった。

　もしかして彼は、私のこの苦しみを見て取って、あんなふるまいに出たのだろうか。そうだったら嬉しい。

　もじもじしながら問いかけた私に、彼はいたずらっぽく片目をつぶってくる。そしてそれ以上答えることはなく、そっと私の両手を取る。

「先ほどはみなさんの前だったということもあって、簡単にしか話せませんでした。ですからどうか、もう一度、聞いてはもらえませんか？」

　やけに鼓動が速くなっているのを感じながら、小さくうなずく。

「あなたに初めて会った時から、私はこの手のとりこになっているんです」

　彼は自分の両手で包み込むようにして、しっかりと、しかし慎重に握りしめてきた。

「この手が、ただの布を素晴らしい絵画へと変え、簡素なドレスに彩りを与えていく……まさに、奇跡の手です」

彼の目には甘くとろりとした光が浮かび、その頬は淡く赤みを帯びている。思わずどきりとせずにはいられないくらいに、魅惑的な表情だった。

「できることなら、もっと早くあなたと出会いたかった……」

しかし一転して、彼は悲しげに目を細めてしまう。見ているこちらまで辛くなるような、そんな表情だ。

「そ、そうすればもっと早くあの最高傑作を作れましたしね。でもこれから、一緒にたくさんのものを作っていきましょう」

突然の表情の変化に動揺してしまって、とっさに明るく声をかけてみる。けれど彼の鮮やかな緑色の目には、悔しげな色が浮かんだままだった。

「ええ、そうですね。過去は変えられませんが、未来なら……」

彼は私の手を握ったまま、聞こえるか聞こえないかの声でそうつぶやいたように思えた。私はそんな彼を、ただ見守るしかできなかった。

第十四章　コーニーの決意

とてもにぎやかなお茶会を終えた次の日の朝、私はまだその幸せな余韻に浸っていました。新たな衣装は歓声をもって迎え入れられ、ロザリンドも熱を出すことなく元気そのものです。

「どうせならもっとあちこちで、あのドレスを見せて回りたいですわ！」

「でも、また熱が出たら……」

「大丈夫ですわ、わたくしさらに丈夫になっていますもの！」

……元気過ぎて、朝からレベッカをちょっぴり困らせているようですが。

「あ、おはようございます、コーニー。ロージーを説得するのを、手伝ってもらえませんか？　もっとたくさんのお茶会に出たいって、聞かなくって……」

私が近づいてきたことに気づいたレベッカが、困ったように声をかけてきます。少しだけ考えて、言葉を返しました。

「……そうですね。でしたらまた、どこかのお茶会に行きましょうか」

「いいんですか？」

「ええ。そろそろロージーも、社交の場に慣れておいたほうがいいでしょうし」

彼女は王妹ですから、いずれは王族の一人として、多少なりとも公務をこなす必要が出てきます。そのために、彼女を少しずつ人ごみに慣らしていく。それは、今回の長い休暇における目的の一つでした。

もっとも、私たちに課せられた公務のほとんどは、式典などでただじっとおとなしくしているだけの、退屈なものですが。

……公務。その言葉に、うっかり前回の仕事のことを思い出してしまいました。休暇中の私が、王族の一人として出席することとなった、公爵家の婚礼。結局最後まで花婿が現れなかった、あのひどい式典。

「コーニー、やっぱり止めておいたほうがいいんじゃないですか……？　難しい顔をしていますけれど……」

「珍しくも顔が怖いですわよ、お兄様」

二人にそう言われて、自分の眉間にくっきりとしわが刻まれてしまっていることに気づきました。こんな表情をしていたら、二人に心配をかけてしまいます。

「いえ、次のお茶会について、どなたに協力をお願いしようか、考えていただけですから」

この答えは、半分くらいは本当でした。

昨日のお茶会で、私たちはすっかり注目を浴びてしまいました。「また日を改めて、そちらの衣装についてお話を聞きたいです」と頼んでくる方や、「お茶会を開きますから、ぜひいらしてください」と提案してくる方などが、両手で数え切れないくらいにいたのです。

そういった方々に声をかけていけば、ロザリンドが気軽に楽しめそうなお茶会もじきに見つかるでしょう。

しかし今、私の胸に渦巻いていたのは、もっと別の思いでした。

近頃私は、自分でも制御できない感情に振り回されるようになっていました。ことあるごとにレベッカの過去を、アレク殿とのことを思い出し、苦しくなってしまうのです。もっと早く、アレク殿よりも先に、私が彼女と出会っていたなら。そんなあり得ないことを、今さら願ってしまうのです。

彼女はもう、アレク殿からは自由になりました。こうして私の近くにいてくれて、私が守ることもできます。

それなのに、どうしてもこんなことが気になって仕方がありません。

けれど昨日のお茶会で、レベッカと話していて、気づきました。

変えられない過去ではなく、未来を変えよう。そうすれば、きっとこの苦しみも和らいでいくに違いない。

レベッカに、求婚しよう。そんな決意を秘めつつ、いつもと同じ微笑みを二人に向けました。

私はこれまでレベッカと共に針を手にして、力を合わせてドレスを作ってきました。長く有意義で、濃密な時間を過ごしてきました。私たちの間には、確かな絆がある。それは確かです。

けれど一つだけ、心配なことがありました。彼女は本当に、私を男性として意識してくれているのでしょうか。最悪の場合、お裁縫好きの友達、と思われているかもしれません。

もしそうだったら、求婚は失敗しかねません。そんなことになってしまったら、たぶん私は一生立ち直れません。たぶん大丈夫だとは思うのですが、念には念を入れなくては。

そんなこともあって、ロザリンドの要望によるお茶会巡りは、私にとっても都合のいいものでした。あちこちのお茶会でレベッカを全力でエスコートし、何がなんでも私に夢中にさせるのです。

……とはいえ、具体的にどうすればいいのかはよく分かっていないのですが。ロザリンドとランドルフは二人して「いいから突撃あるのみですわ」「おそれながら申し上げますが、これは勝ち戦です」などと言っていましたが。

そんな下心を抱えつつ、今日もレベッカとお茶会の会場をゆったり歩き回ります。

「……あっ、あちらの方のドレスも素敵ですね。袖に工夫がされていて……」

「あのデザインなら、もうちょっと刺繍を足せばもっと素敵になりそうな気がします」

しかし気がつけば、私たちはこそこそとそんなことをささやき合っていました。本当はもっと、年頃の男女らしい話題を探したいところなのですが……こうなっているのには、れっきとした訳がありました。

このところ、私が頼まれるがまま教えたドレスの型紙を元にしたドレスが、ちらほらと見られるようになっていたのです。不慣れながらも様々な工夫が施されているのがとても興味深く、見ていると色んなことを思いついてしまうのです。

レベッカもそれは同じようで、遠くにいる令嬢のドレスに目を留め、つぶやきました。

「あのドレス、少しスカートが重たい雰囲気なのがもったいないですね……重なった布を一枚外して、刺繍で装飾を補うとか……」

「確かに、そうするとより素敵になりますね。ああ、あなたの話を聞いていたら、また新しいデザインを思いつきました」

「どんなものですか？　ぜひ、聞かせてください！」

私の言葉に、レベッカが顔を輝かせています。ああ、本当に愛おしい。

そっと寄り添って、顔を寄せ合って。にぎやかなお茶会で、二人きりの内緒話です。これはこれで、私たちらしい距離の詰め方……なのかもしれません。

そんなことを考えながら、この上なく愛らしく笑うレベッカを見つめていました。


美しく着飾ったレベッカと共に、あちこち出歩く。そのこと自体はとても楽しかったのですが、少々困ったこともありました。

彼女の魅力に惹かれたのだろう若い男性たちが、隙あらば寄ってくるようになったのです。まるで、甘い蜜に群がる蜂のように。

それだけではなく、どうやら私目当てらしい若い女性たちも、ちょくちょく近づいてくるのです。前に、ドレスについて尋ねてきたのとは違う方々ばかりで、みな面白いように目をきらめかせて。こちらは、獲物を狙う猫そっくりでした。

もっとも、女性たちについてはさほど問題ではありません。これでも王族として、そして王太子として、言い寄ってくる女性を穏便に退けるための話術は、きちんと学んでいますから。

こういった方々については、話しかけられる前に距離を置くのが正解です。しかし、今回ばかりは失敗してしまいました。ほんの少し油断していたら、たくさんの人たちに囲まれてしまったのです。お茶会の会場、その一角だけが、人でごった返してしまっていました。みな、私とレベッカ目当てです。とんでもない状況ですね。

仕方ありません。こうなったら、まとめて追い払ってしまいましょう。

「おや、みなさんも、最近流行の衣装に興味がおありなのでしょうか」

そうではないと分かった上で、集まった人々に明るく呼びかけます。それから、たたみかけるように話していきました。私たちの衣装に施された、様々な工夫について。

当然ながら、集まった人々はぽかんとするほかありません。それを見届けつつ、レベッカに話を振っていきました。話題はもちろん、刺繍のこと。

多くの人に囲まれて落ち着かなげにしていた彼女が、ほっとしたような顔でそろそろと答え始めました。そうして、二人で衣装の、手芸の話をどんどん続けていきます。

そうやって二人だけの世界に入ってしまった私たちを、人々は口を挟むことすらできずに見ていました。そんなみなさんにちらりと視線をやって、思わせぶりに微笑みます。

『私はレベッカしか見えていません。どうぞ、お引き下がりください。それにどなたにも、彼女は差し上げませんよ』

そんな言葉を匂わせつつ、さりげなくレベッカを抱き寄せます。そして今度は、彼女に微笑みかけました。ありったけの、愛おしさを込めて。

やがて、人々が一人また一人と去っていきます。そうしてやっと落ち着きが戻ってきた時、レベッカがふうと息を吐きました。

「……助けてもらって、すみません」

すぐ近くで、彼女が私の顔を見上げてきます。

「さっきの人たち、ちょっとしつこくて……困っていましたから」

「いえ、気にしないでください」

彼女の力になれたことに安堵しながら、満面の笑みを返します。

「私としても、あなたが他の男性に囲まれているのは、嬉しくありませんから」

するとレベッカが一瞬きょとんとして、それから真っ赤になりました。

いっそこのまま抱きしめてしまいたいという思いをこらえながら、私はただじっと彼女を見つめていました。彼女もまた、まっすぐにこちらを見返してくれていました。

私は一人、馬車に乗って旅をしていました。目指すはレベッカの生家、イーリスの屋敷です。レベッカはイーリスの家を離れてからずっと、両親と手紙をやり取りしていました。ホロウの家にいた頃は、両親を心配させまいと当たり障りのないことしか書けなかったようですが、今はありのままを知らせることができて嬉しいと、そう言っていました。

今私がそこに向かっていることを、彼女は知りません。ロザリンドとランドルフには話してありますが、レベッカにはしばらく内緒にしてもらえるよう、頼んでおきました。……これから私がしようとしていることがもし失敗したら、レベッカにはずっと内緒にするつもりです。

これまでの人生で一番、緊張する旅でした。窓の外には美しい野山と草原が広がり、みずみずしくも生き生きとした姿を見せているのに、そちらに目を向ける余裕すらありませんでした。

やがて馬車は、古く小ぶりな屋敷の前で止まりました。庭の草花が、屋敷を包み込まんばかりに生い茂っていて、貴族の屋敷というよりも素敵な隠れ家といった雰囲気です。

「はじめまして、イーリス男爵、男爵夫人。先日、手紙にてご挨拶させていただきました、コーニー・オーンブルです」

「ようこそいらっしゃいました、オーンブル様。レベッカより、あなたのことはうかがっております。優しくて頼りになる、素敵な方なのだと。娘の力になってくださって、ありがとうございました」

「レベッカはいつも、あなたのことをあらん限りに褒めちぎっていて……どのようなお方なのかと、ずっと気になっていました。けれどこうして実際にお会いしたら、あの子の気持ちも分かりました」

イーリス男爵夫妻も、この屋敷の主にふさわしい、優しく清らかな雰囲気の方々でした。見た目もそうですが、それ以上に雰囲気がレベッカとよく似た、素敵な方々です。

それはそうと、レベッカが両親の手紙にそんなことを書いていたとは知りませんでした。少し、照れくさいです。

でしたら、私からもレベッカにお返しといきましょうか。質素ですが座り心地のいいソファにしっかりと座り直して、二人に語っていきます。

彼女の手が生み出す美しいあれこれに魅了されたこと、そうして彼女と共に過ごすうち、彼女自身に惹かれていったこと。彼女本人にすらまだきちんと話していない。私の思い。

「とはいえ、かつての彼女は既婚者でしたから、当時の私は、ただ友人として彼女を支えることしかできませんでした」

このことだけは、はっきり宣言しておかなくてはなりません。アレク殿のように、レベッカが浮気をしていたなどと思われては大変です。

しかし男爵夫妻は、突然思い悩んだような顔で目を伏せてしまいました。勘違いされてしまったかと冷や汗をかいたその時、男爵がこちらを見て口を開きました。

「あ、あの、オーンブル様」

「どうぞ、コーニーと呼んでください」

「では、コーニー様。レベッカは、ホロウで暮らしていた間……どのような様子だったのでしょうか……？」

お二人は、食い入るような目で私を見つめています。その真剣な様子に、覚悟を決めました。

すみません、レベッカ。ホロウでのことについて、あなたは隠しておきたかったようですが、ご両親はこんなにもあなたのことを案じています。このまま黙っていたら、きっとお二人はいつまでも心配し続けてしまいます。ですから今ここで、私の口から伝えようと思います。

そう心の中でレベッカにわびて、順に話していきました。彼女の短い結婚生活の中で起こった、あれこれについて。私が知っていることを、全て。

話を聞き終えた時、男爵夫妻はそろってうつむいていました。

「やはり、そうでしたか……」

椅子の肘掛けをつかむ男爵の手は、かすかに震えていました。

「格上の家からあの子が望まれた、そのことに目がくらんで、あの子を間違った場所に嫁がせてしまったと、ずっと後悔していたんです……あの、婚礼の日から、ずっと……」

「それなのに、あの子からの手紙は明るい話題ばかりで……そのことが、余計に私たちの心配をかきたてていたんです」

男爵夫人はハンカチで目元を押さえながら、そう話してくれました。そうしてお二人は、そろって黙り込んでしまいます。

静かに嘆き悲しむお二人をそれ以上傷つけないように、ただじっと待ちました。

「取り乱したところをお見せして、申し訳ありません。そして、教えてくださってありがとうございました、コーニー様」

やがて、男爵夫妻は同時に息を吐き、少し悲しげに微笑みかけてきました。その表情を見て、私も覚悟を決めます。はるばるここまでやってきた目的を、今こそ果たさなくては。

「今日は……あなた方に、お願いしたいことがあって参りました」

居住まいをただすと、ご両親も表情を引きしめました。鼓動がどんどん速くなっていくのを感じつつ、意を決して口を開きました。

「私は、レベッカのことをとても好ましく思っています。そしておそらく、彼女も私のことを憎からず思ってくれていると、そう感じています」

彼女に求婚すると決めてから、私はレベッカに男性として意識してもらえるよう頑張りました。そうして彼女は、今まで以上に素敵な笑顔をたくさん見せてくれるようになりました。たぶん、きっと、おそらく、いえ絶対、彼女は私の求婚を受けてくれると、そう思います。

「……いずれ私は、彼女に求婚しようと決意しています。ですのでその前に、彼女のご両親であるあなた方の、許しを得たく……」

ああ、ついに言ってしまいました。どきどきしながら、返事を待ちます。

お二人はかすかに涙ぐみながらも、すぐに大きな笑みを浮かべました。

「あなたであれば、安心して娘を託すことができます」

「ええ。ほんの少し話しただけで、よく分かりました。あなたがとても誠実な方で、レベッカのことを愛してくださっているのだということを。……あの子を、どうかよろしくお願いいたします」

　ああ、よかった。大いにほっとしつつ、さらに言葉を続けました。

「ありがとうございます！　あの、それでですね、もう一つだけ、お話ししておかなければならないことがありまして……」

　このことをいつ打ち明けるのか、大いに悩みました。ただ、後回しにすればするほど、大ごとになりかねないような気がしたのです。なので、求婚の許可を得られたらすぐに明かすことにしていました。

「レベッカにはまだ内緒にしているのですが、私は……実は、王太子なんです。今は、お忍びの休暇中でして」

　小声でそう言って、証拠の品をそっと見せました。すると男爵夫妻は大きく目を見開いて、そのまま固まってしまったのです。

「……あの、大丈夫……ですか？」

　いつまで経っても、お二人は身動き一つしません。心配になってしまって声をかけると、お二人は同時にばっと身を震わせました。

「も、申し訳ありません！　そうとは知らず、色々とご無礼を！」

「あ、あの、どうぞ楽になさってください。もしレベッカへの求婚が成功したら、あなた方は私の義理のご両親となるのですし……」

必死の形相でぺこぺこと頭を下げる男爵を止めようとしたら、今度は男爵夫人がふらりとソファに倒れ込みました。

「おそれ多くて、めまいが……ああ……」

「お前の気持ちはよく分かる、私も気を失いそうだ……」

「しっかりしてください！」

あっという間に、大騒ぎになってしまいました。……いつか、レベッカに私の正体を告げたら、彼女もこんな風に取り乱してしまうのでしょうか。

ちょっぴり心配になりつつも、必死に二人に声をかけていました。

第十五章　通じ合う思い

「わあ……気持ちいい風が吹いてますね。木漏れ日も暖かくて……」

私とコーニーは、オーンブルの別荘を囲む明るい林を歩いていた。いつの間にか夏は過ぎていて、秋の涼やかな風が吹き渡っていた。

かさかさと落ち葉を踏みしめて、思うままのんびりと進む。道はないけれど、背後には別荘が、行く手には遠くに湖が見えているから、迷うようなことはない。

「でも、私も来てしまってよかったんですか？」

コーニーは時折、こんな風に別荘の周囲を散歩する。自然の中の美しいものをじっくりと目に焼きつけるのが、子供の頃からの習慣なのだとか。

他の人がいると気が散ってしまうとかで、この散歩は必ず彼一人だ。小さな頃は乳母などが付き添ってはいたけれど、彼からは距離をとって、話しかけないようにしていたらしい。それくらい熱心に、コーニーは自然を観察していたのだ。

「ぜひ、あなたと一緒に散歩がしたかったんです。ここにある素敵なものを、見せたくて」

いつも以上に目を輝かせて、彼は私に笑いかけてくる。自然と、頬が熱くなる。

最近、彼を見ていると妙に落ち着かない。正体のつかめないふわふわした感情がわき起こってきたり、胸がどきどきしたり。

こういったことには疎い私にも、もう原因は分かっていた。私は、コーニーのことが気になっているんだ。

かつて私は、彼のことを大切な友人だと思っていた。けれどオーンブルの別荘で、それまで以上に長い時間を共にしているうちに……その思いは、違うものに変わっていた。

けれどコーニーは相変わらず親切で、紳士的だ。前よりも多少、距離が近くなった気はするけれど……でももしかしたらあの態度は、単に親しい相手に対するものなのかもしれないし。

ひっそりとそう悩んでいたところに、コーニーが散歩に誘ってきたのだ。私は一応遠慮しているふりをしていたけれど、内心ではすっかり舞い上がってしまっていた。だって、ロージーたちですら誘われたことのない散歩に、ぜひにと言って誘ってもらえるなんて。

「ほら、見てくださいレベッカ」

「は、はいっ！」

そんなことを考えていたところに、いきなり声をかけられた。びっくりしてしまって、思わず飛び上がる。

しかしコーニーは私のそんな不審な態度を気にかける様子もなく、穏やかな笑みを浮かべてかがみ込んだ。明るい林の中の小さな陽だまりに、低い草が群れを作っている。

「こちらに、リンドウが咲いていますよ」

天を仰いで生き生きと咲く青紫の花に、彼はそっと手を伸ばした。

「草原一面に咲き乱れる花畑は、とても美しいと思います。けれどこうしてひっそりと、しかし懸命に咲いている花を見ていると、何とも言えない愛おしさがこみ上げてくるんです」

小さな花を見つめている彼の横顔から、目が離せない。彼がこちらを見ていないのをいいことに、しばし見とれる。

まるで愛おしい人でも見つめているかのような彼のまなざしに、うらやましいという思いがふわりと浮かんでくる。

花に嫉妬するなんて、どうかしてる。でも、できるなら……そのままの目で、私のことを見てくれないかな。

「リンドウの花は、あなたに似ている気がします」

そんなことを考えていたら、彼はふっと切なげにつぶやいた。まっすぐに、花を見つめたまま。

「えっと、私に？　その、目の色が……ですか？」

その声音にどぎまぎしつつも、とっさにそう返す。明るい青紫色をした私の目は、まるで可憐な野の花のようだと、そう褒めてくれた両親の言葉を思い出しながら。

私の答えがおかしかったのか、コーニーがくすりと笑った。

「ふふ、それもありますね。けれど何よりも似ているのは、そのたたずまいです」

彼は立ち上がり、私に向き直る。とても甘いのにこの上なく真剣なそのまなざしに、目を見開いて息を呑んだ。

「か弱い見た目とは裏腹に、嵐をも耐え抜く強さがある。そうして日が差すと、可憐で清楚な花を開く……ほら、あなたとそっくりです」

そう言うと、彼は愛おしげに目を細めた。くるくると変わる彼の表情の一つ一つがひどく魅力的で、一瞬たりとも目が離せない。どうしたんだろう、いつものコーニーとまるで違う。

呆然と立ち尽くしていたら、突然ふわりと温かいものに包みこまれた。何が起こったのか、少し遅れて理解する。

歩み寄ってきたコーニーが、私をしっかりと抱きしめていたのだ。突然のことに、心臓が喉から飛び出しそうなくらいに激しく乱れ打つ。

彼に抱きしめられるのは、これが初めてではない。ドレス作りに手を貸すと答えた時の、喜びいっぱいの抱擁。嘆き悲しむ私を励まそうとしていた、優しい抱擁。

でも今の彼の様子は、そのどちらとも違っていた。もっとずっと力強くてがむしゃらで、それなのにどこかおびえているような、そんな不思議な雰囲気だったのだ。

どうしていいのか分からずに、ただ温もりに身を預ける。そうしていたら、コーニーの押し殺したような声がした。

「……お嫌でしたら、どうぞ今のうちに振りほどいてください。今ならまだ、自由にしてあげられそうですから……」

低くかすれた、震える声。触れた体を伝わって響くその声は、聞いているだけでぞくぞくするようなものだった。

嫌なはずがない。ずっと、こうしていたい。そんな思いを込めて、そっと腕を伸ばす。そのまま、彼の背中に回した。

すると、彼の腕にさらに力がこもった。一転して甘く熱を帯びた声で、彼はささやく。

「……最初の頃私は、あなたのことを共にドレスを作る仲間なのだと、そう思っていました。

……そう思い込もうと、していたんです」

目を閉じて、その声に耳を傾けた。先ほどのおびえたような雰囲気は消え失せて、代わりに喜びの響きが混ざっている。

「けれどやがて、ごまかせなくなってしまいました。あなたと一緒にいると、どうにも心が浮き立って、仕方がなくって……あなたと一緒に衣装を作っている時も、仮面舞踏会で踊った時も。

それに、ピクニックやお茶会に行った時も」

その言葉に合わせて、次々と思い出がよみがえってくる。とびきり幸せな記憶の数々に、胸が温かくなるのを感じた。

「ただあなたがいるだけで、何気ない時間がきらきらと輝くんです。それはまるで、夢の中にいるような心地でした」

その時、ふっと彼の腕が緩む。離れていく体に驚いて顔を上げると、前髪が触れそうなほど近くで微笑むコーニーと目が合った。

「ねえ、レベッカ」

甘くとろりとした。蜂蜜のような声と笑顔。胸がどきどきして、目が離せない。彼のこと以外、何も考えられない。

「私は、あなたが愛おしくてたまらないんです。どうかこの思いを、受け取ってはもらえませんか？」

　コーニーからの、愛の告白。さっき抱きしめられた時に、こうなるかもと予想はしていた。けれどこうして実際に告げられてしまうと、頭が真っ白になってしまう。

「あ、あの……」

　答えは、決まっている。けれど大暴れする心臓が邪魔をして、うまく言葉になってくれない。

「私、ずっと……あなたに、支えられてきました」

　どうして、こんな遠回りなことを口にしているのだろう。自分で自分がもどかしい。

「友情なのだと、尊敬だと思っていました。でも、違うって……最近、気づいたんです」

　コーニーが、まっすぐに私を見つめている。目をそらしたいのに、そらせない。

「その、私……あなたのことが好き、です」

　振り絞るように、どうにかこうにか言葉を吐き出した。すると彼はああ、と言って、泣きそうな笑みを浮かべた。ずっとどきどきしっぱなしだった心臓が、ひときわ大きく跳ねる。

「ああ、ありがとうございます！　今日は私の、人生最良の日です」

　何て見事な笑みだろう。見とれる私に、彼はさらに尋ねてくる。

「それでは、もう一つおねだりしてもいいですか？」

　考えるより先に、うなずいていた。力いっぱい。

「これからの人生を、私と共に歩んではくれませんか？　私たちが一緒なら、きっといつまでも、きらきらの日々を過ごしていけると思うんです」

「はい、もちろんです。私も、あなたと一緒にいたいです……ずっと」

今度は、すぐに答えることができた。ほっと胸をなでおろしていたら、コーニーが深々と息を吐いた。私に寄りかかるようにして、またしっかりと抱きしめてくる。

「……ふふ、ほっとしたら、何だか急に力が抜けてしまいました」

「ほっと、ですか？」

「はい。もし断られてしまったらどうしようって、ずっと迷っていて。今日あなたを誘う時も、ぎりぎりまで悩んでいたんです。やはり明日にしようか、って」

その口調は、いつもの穏やかでのんびりとしたものに戻っていた。それがおかしくて、くすりと笑ってしまう。ついさっきまでの彼は凛々しく甘く、まるで絵本の中の王子様みたいに格好よかった。でももちろん、私はどちらの彼の顔も素敵だと思う。

そのまま二人抱き合って、明るく笑い合う。けれどふと、コーニーが気まずそうに言った。

「レベッカ、その……」

どうしたのだろうと小首をかしげると、彼がすっと視線をそらす。

「私は、あなたに隠していることがあります。その事実を知った時に、あなたがどんな顔をするのか怖くて……打ち明けられないんです。こうして思いを確かめ合った、今でも」

目を伏せて、寂しげに彼はつぶやいている。それがどんな秘密なのかは分からないけれど、彼がそんな顔をしているのは、嫌だと思った。

「いつか必ず、きちんと話しますから……少しだけ、待っていてください」

「ふふ、いくらでも待ちます。だからどうか、笑っていてください。いつもと同じように」

手を伸ばして、彼の頬に触れる。緑の目をはっと見張って、彼はこちらを見た。そして私の手に自分の手を重ねると、柔らかく微笑んでくれた。

◇・◇・◇

無事に、求婚は成功しました。手をつないでレベッカと歩きながら、けれど彼女に気づかれないようにため息をつきます。嬉しいのに、苦しい。

……結局、私の正体を告げることはできませんでした。自分の臆病さが、ちょっと悔しいです。あんなに幸せに笑っている彼女が、私の正体を知ったらどれだけ驚くか。もしかしたら、私のことを拒否してしまうかもしれない。そんな様を想像してしまったら、もう何も言えませんでした。ともかく、最初の一歩は踏み出せました。私の正体については、いずれ折を見て、少しずつ打ち明けていくしかありません。

私が何者であろうと、彼女を思う気持ちは変わらない。その事実が、どうか彼女の胸に届きますように。

第十六章　嵐の前触れ

今日は、みんな留守にしている。

コーニーとロージーはオーンブルの家族に会いにいくと言って、数日前に出かけていった。いずれあなたをみなに会わせたいのですが、今回は少々急ぎですので、またの機会に。コーニーはちょっぴり申し訳なさそうに、そう言っていた。

コーニーと私が思いを打ち明けあったことを知ったロージーは、きゃあと叫んで大喜びしていた。やりましたわ、レベッカが本当にお義姉様になりますわと、頬を染めて飛び跳ねていた。

……今回の帰宅で、二人は私のことを家族に話すつもりらしい。みんな喜んでくれますよとコーニーはうきうきしていたけれど、私はちょっぴり心配だ。

けれどそんな気持ちは隠したまま、二人が乗った馬車を笑顔で見送る。

そうして一人で留守番することになった私は、屋敷の裏に椅子を運んで、そこでせっせと針仕事にいそしんでいた。リンドウが一株だけ咲いているのを見つけたので、それを見ながら刺繍をしていたのだ。

あの告白を経て、リンドウは私とコーニーにとって大切な思い出の花になった。彼はあの後、小さなスケッチブックに鉛筆一本で見事なスケッチを描き上げていた。

私は私で、あの時からずっと、リンドウの刺繍をしたいなと思っていたのだ。それも、できる限り本物に似せて。

彼のスケッチを借りて参考にしてもよかったのだけれど、何だか恥ずかしい。というか、縫っているところを見られるのも恥ずかしい。だからこうして一人になれたのは、ちょうどいい機会ではあった。

「よし、できた！」

二人は今日か、遅くても明日には帰ってくるつもりだと言っていた。絶対にそれまでに完成させるのだと気合を入れていたのだけれど、どうにか間に合った。できばえもいい感じ。

二人におかえりなさいを言ってから、すぐにこれを見せてみよう。ロージーは楽しそうに声を上げて、コーニーは恥じらうのだろうな。

椅子から立ち上がり、完成したばかりの刺繍を眺める。両手を広げたくらい大きさの絹の布の上で、リンドウの花が生き生きと咲いている。自然と、笑顔になるのを感じる。

ちょうどその時、玄関のほうから馬車の音が聞こえてきた。もしかして、コーニーたちが帰ってきたのかな。さっそく、これを見せにいこう。

弾む足取りで庭を進み、玄関を目指す。けれどその足が、止まってしまった。

玄関のほうから、不穏な空気が漂ってきたのだ。聞こえてきたのはコーニーたちの声ではなく、どうかお待ちください、と誰かを必死に引き留めようとしている執事の声だった。

留守を預かる身として、玄関に顔を出したほうがいいのかな。それとも自室に戻って、誰かが呼びにくるのを待っていたほうがいいのかな。

そう悩んでいたら、誰かがこちらに近づいてきた。その正体に気がついて、驚きに立ちすくむ。

「やあ、久しぶりだな」

嫌というほど聞き覚えのある、けれどこの場所には全く似つかわしくない声。

「アレク様、どうしてここへ……」

そう尋ねる私の声は、震えていた。きっとアレク様の目には、私はおびえているように映っているのだろう。

突然現れた彼の姿に、過去の辛い思いがよみがえっていたのは確かだった。けれどそれ以上に、私の胸にはもっと別の感情がわき起こっていた。

ここはコーニーたちとの思い出がたくさん詰まった、私の一番大切な場所だ。アレク様に土足で踏み荒らされたくない。

今は私が、ここを守らなくては。無言で身構え、アレク様の出方をうかがう。彼は以前と変わらない、優雅で皮肉っぽい表情で語る。

「君に興味はない。僕は、君に命令をするために来たんだ。いや、君たちに、かな」

軽蔑もあらわなその物言いは、前から少しも変わっていなかった。それよりも、命令って何だろう。もう私は彼の妻ではないのに。

「ドレスを一着仕立てろ。今社交界でもてはやされている風変わりなドレス、あれは君と、君の友人が作ったものが元になっているのだと聞いているぞ。君たちはあちこちの茶会で、いい気になって珍妙な衣装を見せびらかしていたらしいな？」

どうやら彼の耳にまで、私たちの衣装の噂は届いているようだった。

「……全く、あんなものを欲しがる人間の気が知れないが、流行りは流行りだからな」

だったらどうして、わざわざドレスを作れと言いにきたのか。そんな言葉が、頭の中をぐるぐると回っている。

彼はそんな私から顔をそむけて、うっとうしそうな声でだらだらと喋っている。

「仮面舞踏会で君たちが着ていたような、しかしもっと豪華なものだ。求婚の際の手土産にするのだから、とびきり手の込んだものにしてくれ」

求婚。アレク様にはたくさんの愛人がいたけれど、ついに彼は誰か一人を選んだのだろうか。でもそれなら、わざわざドレスなんて用意しなくてもよさそうなのに。それも、私のところに足を運んでまで。

などと考えていたら、アレク様はさらにとんでもない言葉を吐いた。

「贈る相手は、陛下の従妹にあたる姫君だ。すらりと背の高い、見目麗しい方らしい」

従妹姫に、アレク様が求婚する？　どうして、そんなことに。

「君も、彼女なら僕の妻としてふさわしいと思うだろう？　身分も低くこらえ性のなかった君と違って」

私を小馬鹿にするそんな言葉が、耳をすり抜けていく。

その女性は、アレク様の普段の行いを知らないのかもしれない。だとしたら、彼に嫁いでから真実を知って、絶望することになるのかもしれない。かつての、私のように。

あるいは、知っていても求婚を拒めない、なんてことになるのかもしれない。上位の貴族には、政略結婚が多いという話だから。

ぶるりと、身が震えた。見知らぬその姫君のことが、気にかかってしまう。

「そういうことだから、さっさと作業に取りかかってくれ。できあがったらホロウの屋敷まで届けろ。最後の調整は、ホロウのお針子たちにやらせる」

言うだけ言うと、彼はこちらに背を向けた。その背中に向かって、精いっぱいはっきりと告げる。ばくばくと暴れる心臓の音に、負けないように。

「……お断りします」

アレク様の足が、ぴたりと止まる。一呼吸おいて、妙に平坦な声が返ってきた。

「レベッカ。……君は今、何と言った？」

「ですから、お断りします、と申し上げました。ドレスを作ることはできません」

彼の求婚を、手助けすることはできない。ドレスが一着あろうがなかろうが、求婚の結果には関係ないのかもしれない。ささやかな抵抗かもしれないけれど、それでも彼の頼みを呑みたくはない。

重ねて言うと、アレク様がゆっくりと振り返った。いら立ちもあらわに、ふんと鼻を鳴らす。

「まさか君が、僕の命令を断るとは……君は、刺繍だけは得意なのだろう？　それを王族に見てもらえる機会を、棒に振る気か？」

普段女性たちをたらしこんでいるからか、アレク様は誘惑の仕方がやけにうまい。彼の言葉に、一瞬だけ心が揺らぎそうになった。そんな方々が私の刺繍を、私たちのドレスを見たらどう思うだろう。もしかしたら、褒めてくれるかもしれない。そんな思いが、ちらりと頭をよぎってしまったのだ。

けれどすぐに顔を引きしめて、力いっぱい首を横に振った。それを見て、アレク様がこれ見よがしに深々とため息をつく。

「まあいい。君がごねるというのなら、あの友人とやらに命じるだけだ。ホロウ公爵家の力をもってすれば、一伯爵家の人間を動かすことなど造作もない」

「彼が、あなたの命令を聞くことはありません」

コーニーは、アレク様がどんな方で、どういったことをしてきたのか知っている。そして、大いに憤っていた。それにきっとコーニーなら、従妹姫を不幸にするような行いには手を貸せませんと、そう断言してくれる。

胸を張って、まっすぐにアレク様を見つめた。彼があきらめて帰るのを、無言でじっと待つ。けれどアレク様は、動こうとはしない。やがて、呆れたような声がした。

「……まったく、君は従順なだけが取り柄だったというのに……男爵家の娘の分際で、僕にたてつくとは！」

その言葉と同時に、アレク様がこちらに踏み出し、手を伸ばす。私が手にしていたままのリンドウの刺繍を狙って。とっさに刺繍を胸元に抱え込み、逃げるように後ずさった。

「あっ！」

ぴんと鋭い痛みが走り、思わず声を上げてしまう。逃げようとした拍子に偶然、彼の手が私の髪の一房をつかんでいたのだ。身動きが取れなくなってしまって、背中を丸めたままアレク様を見上げる。

「もう一度だけ言う。ドレスを作れ。君に拒否権はない」

「……作れません。帰ってください」

私のその返答がよほど気に入らなかったのか、彼の顔が大きくゆがんだ。

「……はっ！　この身の程知らずが。どうやら、躾が必要なようだな」

怒りに震える声で、アレク様は言い放つ。空いた左手をすっと上げ、振りかぶった。

殴られる。びくりと身をすくめ、息を呑む。怖い。でも、アレク様の命令を断ったことを、後悔してはいない。これで、よかったんだ。

……けれど、予想していた痛みはやってこなかった。どうしたのかなと不思議に思ったその時、アレク様の鋭い声が響いた。

「何をする、離せ！」

「これ以上彼女に危害を加えないと、そう約束していただけるのであれば」

続いて聞こえてきたのは、コーニーの声だった。礼儀正しく落ち着いているのに、ひどくこわばっている。

そろそろと顔を上げると、アレク様のすぐ隣にコーニーが立っているのが見えた。

彼はアレク様の手首をしっかりとつかみ、アレク様をじっと見据えている。さほど力が入っているようには見えないのに、アレク様はコーニーの手を振りほどけずにいるようだった。

その光景に驚いて、けれどすぐに気づく。アレク様のもう片方の手は、私の髪から離れていた。

大急ぎで彼から離れ、コーニーの背後に隠れる。その間、アレク様は顔をしかめてコーニーに抵抗し続けていた。

「おい君。僕は彼女を躾けているだけだ。邪魔をしないでくれ」

「躾、ですか。他家の屋敷に乗り込み、客人に無礼を働くあなたに、そのような資格があるのでしょうか」

コーニーはいつになく低い声で、淡々と答える。

「どうぞ、お引き取りください。そしてもう二度と、彼女に関わらないでいただけますか」

その言葉に、アレク様がはっと息を呑んでいる。それだけの迫力、というより威厳のような何かを、コーニーは漂わせていたのだ。その何かに、アレク様がかすかに気おされている。

それを見て取ったのか、コーニーがアレク様をつかんでいた手を放す。アレク様はすっと半歩下がると、私たちを鋭い目でにらみつけた。

「ああ、不愉快だ！　頭が痛くなったから、ここで失礼する！」

彼の姿が見えなくなり、馬車の音が遠ざかっていくまで、コーニーはずっと私を背中にかばっていた。

「無事ですの、レベッカ……‼」

そうして庭に静寂が戻ってきたのと同時に、涙目のロージーが駆け寄ってきた。

「帰りが遅くなってしまって、申し訳ありません……恐ろしい思いをされたでしょう」

さっきまでの凛々しさはどこへやら、私よりもよほど辛そうな顔でコーニーがぎゅっと抱きしめてくる。すかさず、ロージーも私の腰に抱きついてきた。

そうして二人に挟まれていると、さっきまでの恐怖がすうっと消えていく。胸がぽかぽかと温かくなっていく。

「レベッカが無事で、本当に良かったですわ……」

「ええ、もし間に合わなかったらと思うと……今さらながらに、怖くなってきました」

「ほら、二人とも落ち着いて。私はこの通り、何ともなかったもの」

二人にそう言って、安心させるように優しく微笑みかける。その時、ふと気づいた。

「そうだわ、さっきのことを説明しておかないと……」

アレク様はたぶん、まだドレスのことをあきらめてはいない。また何か、こちらにちょっかいをかけてくるかもしれない。その時にみんながきちんと対応できるよう、状況を知っておいてもらわないと。

「そうですね。どうして彼がこんなところにいたのか、ずっと気になっていたんです」

「ことと次第によっては、許してはおけませんわ！」

そんなことを言いながら、二人はいったん私から離れ、きちんと並んでこちらに向き直った。

そんな二人に、庭でアレク様に会ったところから順に話していく。

二人とも真剣に話を聞いていたし、ロージーはアレク様の物言いにすっかり腹を立てていた。けれど、話がさらに進んでいくにつれて、その態度が妙な感じに変わっていった。二人は複雑そうな、何とも言えない顔をちらちらと見合わせ始めたのだ。

「なるほど、それで彼はわざわざこんなところに……」

「従妹姫に求婚するために、ドレスを贈る……普通でしたら、そう考えてもおかしくありませんわね。ええ、普通でしたら……」

ぼそぼそとそんなことを言いながら、コーニーとロージーは何とも言えない表情になった。ちょうど、苦笑をこらえているような感じだ。

「何か、気になることでもあるのですか？」

二人の妙な様子にそう尋ねたら、コーニーがいたずらっぽくささやいてきた。

「……いずれ、きちんと説明します。ただ、従妹姫の心配はしなくても大丈夫ですよ。あなたの優しさ、きっと従妹姫も喜んでくれるでしょう」

彼の隣では、ロージーがこらえ切れずにくすくすと笑い始めていた。

「忌々しい……あの女め……」

その日の夜、アレクは自室の窓際に、明かりも灯さずに一人たたずんでいた。空は雲で覆われ、どんよりと暗い色を見せていた。まるで、彼の心を映しているかのように。

彼は今、大きな悩み事を抱えていた。かつて彼は、レベッカに難癖をつけて離縁し、屋敷から追い出すことに成功した。これでもう辛気臭い顔を見ずに済むし、愛しい女性たちのもとに堂々と通うこともできる。

そうしてすっかり浮かれていた彼に、彼の両親、ホロウ公爵夫妻が言い放ったのだ。恐ろしくこわばった、真剣な顔で。

『押しつけられた妻がそんなに気に入らないのであれば、望み通りにお前が選んだ女性を妻とするがいい』

その言葉に、彼は最初喜んだ。みなで話し合って決めようと、愛する女性たちを屋敷に呼び寄せた。

しかしその直後、公爵夫妻は思いもかけない行動に出たのだ。二人はそうして屋敷に集めた女たちに、朝起きてから夜寝るまで、一日中みっちりと教育を施していったのだ。かつてレベッカが学んだのと同じ、礼儀作法や教養、その他の細々としたこと、未来の公爵夫人として必要なこ

と全てを。

予想外の事態にアレクは困惑し、いら立たしげに両親に詰め寄った。僕の邪魔をしないでもらえますか、と。

しかし公爵夫妻は、きりりと険しい顔のまま、きっぱりと答えたのだった。

『お前に好き勝手させた結果、せっかく嫁に来てくれたレベッカを不幸にしてしまった』

『彼女の努力に甘えて、彼女に苦しみを押しつけてしまった。もう、あんなことを繰り返してはならないの』

『私たちよりお前のほうが、頭も口も回る。だが今回ばかりは、引く訳にはいかない』

『レベッカへのつぐないのためにも、あなたを更生させてみせるわ。あなたとその妻が、ちゃんとした公爵夫妻になれるように』

アレクが集めた女性たちは、酒場女から下級貴族まで、年も身分も様々だった。しかしみな、楽しいお喋りと色気を振りまくことだけが得意な、努力嫌いの者ばかりだった。

やがて女性たちから「どうしてここまでしなくちゃならないの」という不満の声が上がるようになった。「愛があれば、それでいいじゃない」という声も。

すると公爵夫妻は、歴史書を手に彼女たちの前に現れた。そうして、過去の事件について淡々と語り出したのだ。当主夫妻が執務をないがしろにして遊び呆けた結果、領民が反乱を起こしたり、行いが目に余るとして家を取り潰されたりといった、そんな悲惨なできごとを、次々と。

話が進むにつれて、女性たちの表情が変わった。ふてくされているような顔から、何かを計算しているかのような顔に。

そこから、彼女たちは一切不平不満を口にしなくなった。その代わりに、彼女たちは一人また一人と、こっそり行方をくらまし始めたのだ。もうアレク様には近づきませんから、どうかもう探さないでくださいと、そんな感じの書き置きを残して。

かつてレベッカを教えた教師は、そんな女性たちの情けない態度に呆れつつ、レベッカを懐かしく思っていた。彼女は本当に、素晴らしい生徒だった、と。


そうやって女性たちが教育されている間、アレクはずっとホロウが所有する別の屋敷に監禁されていた。そんなある日、両親がやってきて告げた。「お前と愛し合っているという女性たちは、全員お前を見捨てて逃げたぞ」と。

再び自由の身になったアレクに、両親はさらに言い放った。「改めて自分で結婚相手を探してくるといい。どんな女性を連れてこようが勝手だが、私たちが必ず責任をもって教育するから、そのつもりでいるように」と。

ならば、教育の必要などない、非の打ちどころのない女性を連れてくればいいだけだ。アレクは心の中で、すぐさまそんなことを考えていた。

そんな女性に、彼は一人だけ心当たりがあった。王の従妹である姫君だ。彼の身分なら、王族に求婚することも許される。それに温室育ちの花でしかない姫君を篭絡するなど、赤子の手をひねるよりたやすい。

しかし、念には念を入れたい。その時彼は、ふとレベッカのことを思い出したのだった。彼女は仮面舞踏会のみならず、それ以降も奇妙なドレスを作ってはちやほやされているのだとか。

アレク自身はあのドレスのどこがいいのか分からなかったが、社交界で流行っているのであれば手土産としてちょうどいいだろう。

そう考えて、彼はレベッカのところに押しかけた。しかしあの女は生意気にも、彼の命令を拒んだ。逆らった。貞淑にしているしか能のない、たかだか男爵家の娘ごときが。

深々と息を吐いて、アレクはつぶやく。その声には、苦々しいものが大いに含まれていた。

「あいつが嫁いできてからというもの、ろくでもないことばかりだ……」

アレクの脳裏に、レベッカの姿がよみがえる。コーニーにかばわれた時の彼女は、心底ほっとした顔をしていた。その表情が、彼をさらにいら立たせていた。

「……僕ばかり苦労するというのも面白くないな。ならばあの女にも、少し痛い目を見せてやろう」

その時、雲が風でゆっくりと流れていき、こうこうと輝く月がその姿を見せる。清らかな月の光が、彼の顔を照らし出した。

これまで多くの女性を魅惑してきたアレクの甘い美貌は、しかし今は醜くゆがんでいた。

第十七章　あの人を、信じてる

アレク様がオーンブルの別荘に押しかけてきてから十日ほど経ち、ようやくこの別荘にもいつもの落ち着きが戻ってきていた。

あれ以来、ホロウ公爵家からも、アレク様からも、何の連絡もなかった。アレク様はドレスをあきらめたのか、あるいはどこかよそに命じてドレスを作らせることにしたのか。ともかく、もう彼に関わらずに済みそうだった。

そう安心した私は、一人で庭に出ていた。ビーズの詰まった巾着袋を手にして。

ビーズをあしらった花模様の刺繍をしてみたいなと思い立ったのはいいものの、どのようなデザインにしようか悩んでいたのだ。なので実際に、花とビーズを並べて試行錯誤してみようと思ったのだ。以前、リンドウを見ながら刺繍をした、あの時と同じような感じで。

どの花にしようかな。きょろきょろしながら、庭の奥のほうへと進んでいく。

「あの、すみません。少し、手を貸してはもらえませんか？」

すると、近くの林の中から声がした。気弱そうな、女性の声だ。どうしたのだろうとそちらに近づいていくと、小ぶりの馬車が停まっているのが見えた。お腹を押さえて苦しんでいる御者と、そのそばでおろおろしているメイド。さっき私に声をかけたのは、このメイドらしい。

「御者が腹痛に襲われてしまって、屋敷に戻れそうにないのです……」

「分かりました、人を呼んできますね！」

うなずいて、二人に背を向けた、その時。

前に進もうとした足が止まった。何かが私の体にからみつくようにして、動きを止めている。

次の瞬間、体が放り投げられた。

「えっ、きゃあっ‼」

そうして体が、どこかに着地する。身を起こしたら、そこは馬車の中だった。古びて埃の臭いのする、ほろの付いた小ぶりの馬車。

腹痛に苦しんでいたはずの御者が、背筋を伸ばして手綱を取っている。さっきのメイドが隣に飛び込むと同時に、馬車が走り出した。

馬車の後ろからとっさに飛び降りようとしたら、メイドに腕をつかまれた。さっきまで気弱そうだった彼女は、ひどく冷酷な表情で私を見下ろしていた。

考えるより先に、声が出た。必死に身を乗り出して、全力を振り絞って、叫ぶ。

「助けて、コーニー‼」

◇・◇・◇

私を呼ぶ声がしました。この世で一番愛おしい人の、助けてという悲鳴が。

新しく届いた布を品定めしていた私は、布を投げ捨てて窓に飛びつきました。すると、見慣れない馬車が走っているのが目についたのです。思わず身を乗り出し、はっと息を呑みました。

その馬車には、レベッカが乗せられていたのです。

彼女はメイドらしき女性に押さえ込まれ、さるぐつわを噛まされながら、懸命にこちらに手を伸ばしていました。儚げな青紫の目が私の姿をまっすぐにとらえたのを、はっきりと感じました。

考えるより先に、体が動いていました。窓から外に飛び出し、厩に駆け込み。馬にまたがり駆け出します。背後からランドルフの叫び声が聞こえてきたような気がしましたが、そちらに向き直る余裕すらありませんでした。

そのままただひたすらに、馬を走らせます。先ほど見たあの馬車は林を抜け、湖のほとりの道を目指しているようでした。しばらくは一本道ですから、急げば追いつけます。

誰がこんなことを。いえ、それよりも早くレベッカを助けなくては。

怒りと不安、そして恐怖に、手綱をつかむ手ががかたかたと震えています。私のそんな思いをくみ取ってくれたのか、馬は風のように速く駆けてくれていました。

……けれど。

「なんという、ことでしょう……」

やがて目の前に広がった光景に、私はただ呆然とするほかありませんでした。

◇・◇・◇

僕の計画は、笑えるくらいにうまくいった。あの別荘の近くに手下を送り込み、油断したレベッカを連れ去る。そんな計画だ。

目の前の床には、縄で縛られたレベッカが転がされている。黙ったままでは面白くないから、さるぐつわは取ってやった。どうせここでは、いくら叫んでも助けはこない。

「……アレク様。ここは、どこなんですか」

しかしレベッカは、やけに強い目で僕をにらんでくる。ああ、気に入らないな。さんざん僕を振り回しておいて、その反抗的な態度は。だがだからこそ、屈服させたら面白いだろうな。

「とある別荘の地下室だ。今は所有者がおらず、無人になっている」

だが、答えてやることにした。僕は今、とても気分がいいんだ。こいつをどうするかは、僕の胸先一つにかかっている。焦らずとも、じっくりとこいつをいたぶってやれるのだから。

「……御者もメイドも、罠だったんですね」

「ああ。みな、ホロウに仕える者だ。中々に有能だっただろう？　予定よりも早く、君をここに連れ込んでくれた」

とはいえ、一つだけ気になることもあった。彼らの報告によれば、オーンブルの別荘から誰かが追いかけようとしていたらしい。

とはいえ、あそこからここまでの間にはいくつも分かれ道があるし、道は全て石畳で、車輪の跡も残らない。あの別荘の人間が総出で探したところで、ここにたどり着くには丸一日以上かかるだろう。

それだけあれば十分だ。たかだか男爵家の人間に、一時とはいえ僕の妻を名乗らせてやった、その恩も忘れて僕にたてついたことを、こいつに後悔させてやるには。

そして今頃、あの男……コーニーとか言ったか？　あいつも青ざめていることだろうな。せいぜい焦らして、たっぷりと恐怖を味わわせてやろう。

レベッカが僕の人生に姿を現してからというもの、どうにもこうにも不運続きだった。けれどようやく、その流れも変わりそうだ。

「ああ、久々にいい気分だ」

◇・◇・◇

私を見下ろしているアレク様は、いつになく上機嫌だった。しかも、聞いてもいないのに色んなことを勝手にべらべらと話している。彼をうかつに刺激しないように口を閉ざしたまま、じっと耳を傾けた。

そうしているうちに、うっすらとではあるけれど状況が分かってきた。

どうやら私が離縁され、ホロウの家を出ていったことをきっかけに、ホロウ公爵夫妻の我慢が限界に達したらしい。アレク様は言葉をぼかしていたけれど、彼の愛人たちはみな彼のもとを去ってしまったようだった。

「普段は腰抜けの両親が、今回に限ってはなぜか一歩も退かない。おかげで僕は、今まで通り自由に生きることができなくなった」

君のせいだぞ、と言わんばかりの苦々しい目で、アレク様は私をぎろりとにらむ。

「だから僕は、自分で結婚相手を探すことにした。両親が絶対に反対できない、そんな相手を」

そんな彼の話を聞きながら、そっと周囲に目を走らせる。

私が捕らえられているのは、どこかの別荘の地下室だった。普段なら食料なんかがしまわれている、飾りも何もないがらんとした部屋だ。奥に椅子が一つだけ置かれていて、そこにアレク様がふんぞり返っている。私は縛られたまま、床に転がされていた。そばにはメイドが立っていて、小ぶりのナイフをちらつかせている。

アレク様の両隣と、さらに部屋の入り口には男性が二人ずつ立っている。身のこなしからすると、彼らはホロウの私兵だと思う。ちなみに、その中にはさっき腹痛を訴えていた御者の姿もあった。

「ふうん、まずは状況確認か。さすがは君だ、とても冷静だな」

私の視線の動きを見て取ったらしいアレク様が、からかうような口調でそう言った。

「ただ、さっきの馬車を奪って逃げようと思っているのなら、それは無理だと教えておいてやろう。君の仲間に見つからないように、手下に命じて他の場所に移しているからな」

別に、冷静なんかじゃない。怖くてたまらない。これからどうなるのか、分からないことだらけで。

でも必ず、コーニーが助けにきてくれる。あの時、作業部屋の窓から身を乗り出している彼と、目が合った。遠かったけれど、彼は私の姿にちゃんと気づいてくれた。

そして彼なら、きっとあれにも気づいてくれる。根拠なんてないけれど、今の私は、心からそう信じていた。

だからコーニーが来てくれた時のために、少しでも情報を集めておく。それが、私の役目だ。

必死に自分にそう言い聞かせて、体の震えを抑え込んでいた。

◇・◇・◇

馬にまたがり、必死にレベッカの後を追いかけて。けれど私は、分かれ道で立ち尽くすことになってしまいました。

左はそのまま湖のそばを走る道で、右は林の間を進む道。どちらの道にも石が敷かれていて、馬車が通った痕跡は見当たりません。

一か八かで、どちらか片方の道を選ぶか。あるいは別荘に戻ってランドルフや使用人と合流し、手分けして探すか。確実に彼女を見つけるためにはみんなと合流するしかないと、分かってはいます。

「でも……その間に、彼女にもしものことがあったら……」

そう思うと、戻る気になれませんでした。この道のどちらかの先に、彼女がいるのです。きっと、私のことを待ってくれている。それなのに私は、進むことも戻ることもできずにいる。

……私は、なんと無力なのでしょう。またレベッカに、辛い思いをさせてしまった。彼女がオーンブルの別荘で共に暮らすようになったあの時、心に誓ったというのに。もうこれ以上、彼女が苦しむことのないように力を尽くそう、と。それなのに、こんなことに……。

ぶんと頭を振ったその時、何か場違いなものが見えた気がしました。右側の道のすぐ脇、背丈の低い草の根本で、何かが光ったような。

馬を降りて歩み寄り、そろそろとかがみ込みます。そこに落ちていたのは、小さな水晶のビーズでした。豆の半分くらいの大きさで、細かくカットの施された、きらきらと輝くものです。

このビーズは、レベッカの、そして私のお気に入りです。かつて王宮から別荘に運ばせた布や資材などの中には、飾りつけ用のビーズもたくさんありました。レベッカは目を輝かせながらビーズをじっくりと眺めて、そして言ったのです。私、このビーズが一番好きです、と。

好きなものが一緒だったことが嬉しくて、どうぞ好きなだけ使ってくださいと、そこにある分を全部彼女に差し出しました。必要なら、また王宮から取り寄せれば済みますから。

彼女は戸惑いつつも、大切にしますねと言ってビーズを受け取ってくれました。あの時の彼女の笑顔は、私の胸に強く焼きついています。

きっとこのビーズは、彼女がわざと落としたものなのでしょう。彼女を追いかけてくる私に、道を教えるために。私なら、これに気づくと信じて。

緊張で震える指で、ビーズを拾い上げました。きらりと輝くそのビーズを、強く握りこみます。

待っていてください、レベッカ。必ず見つけ出します。今度こそ私が、あなたを守りますから。

◇・◇・◇

これまで僕が受けた苦難について、一通りレベッカに語って聞かせてやった。鈍い彼女も、僕が怒っていることは理解したに違いない。さてここからは、こいつと周囲の人間がどんな目にあうのかを語り、おびえさせてやろう。どんな顔をするのか、楽しみだ。

そう考えて口を開きかけたその時、がたがたという音が聞こえた。弾かれたように地下室の入り口の扉に目をやったとたん、扉が荒っぽく開く。

もしかして、もう見つかったのか。一瞬うろたえて立ち上がり、それから苦笑する。地下室に乗り込んできたのは、一人だけだったのだ。

コーニー・オーンブル。まさかこんなに早く、ここをかぎつけてくるとはな。

僕は、こいつのことも気に食わない。伯爵家の者だか何だか知らないが、やけに反抗的な目で僕を見すえてくる。自分の立場をわきまえていない人間が、僕は嫌いだ。

まあいい、一人きりで乗り込んできたというのなら、それはそれで都合がいいというものだ。こちらには、ホロウの私兵が四人もいる。僕の命令なら何でも聞く腕利きたちだから、あんな弱そうな男など、あっという間に叩きのめせる。その時のレベッカの反応が、見ものだな。

「お前たち、そろそろ出番だ」

小声でそう言って、くつくつと笑った。

◇・◇・◇

扉が開く音がして、誰かが入ってきて。

「レベッカ！　ああ、見つけました！」

気がつけば、私はコーニーにしっかりと抱きしめられていた。少し遅れて、状況を理解する。

地下室にたった一人乗り込んできたコーニーは、入り口のところに立っていた男性たちの手をさらりとすり抜け、そのままメイドの手からさっとナイフをかすめ取り、私を縛っていた縄を切ったのだった。そうして、すっと私を立たせる。

流れるような、とても鮮やかな動きに、私を含め誰一人まともに反応できなかった。メイドがぽかんとしながら、よろよろと壁際に下がっていく。

「大丈夫ですか、レベッカ？　怪我はありませんか？」

「は、はい」

泣きそうな顔で尋ねてくる彼に、戸惑いながら答える。驚くほど早く、彼はここに来てくれた。やっぱり彼は、私が残した目印に気づいてくれたんだ。ほっとすると同時に、さっきまでのものとは違う恐怖がじわりとこみ上げてくる。

コーニーは一人きりなのに、アレク様の手下は五人もいる。あのメイドはともかく、四人の男性たちは強そうだ。

もしアレク様が命じたら、戦いになってしまう。そうなったら、私は間違いなく足手まといだ。どうしよう。どうすれば、二人で一緒に逃げられるんだろう。何か、いい方法は。

「ずいぶんとお早い到着だな、白馬の王子様？」

必死に考えていたら、アレク様のそんな声がした。やけに嬉しそうな、浮かれた声が。

「……彼女が、私をここまで導いてくれたのです」

コーニーはやけに低い声で、そう返す。先日、オーンブルの別荘にアレク様が乗り込んできた時、コーニーはいつにない気迫のようなものを放っていた。

でも今は、あの時の比ではなかった。私ですら思わず身じろぎせずにはいられないくらいに、コーニーの雰囲気は変わっていた。

彼は、怒っていた。いつも穏やかに凪いだ水面のような彼の目に、嵐の夜の稲光を思わせる強い光がひらめいている。

「……彼女を連れ去ったことは、立派な罪になります。どうぞこれ以上罪を重ねることのないよう、このまま帰らせてはいただけませんか」

秘めた激情を抑え込むようにして、コーニーはそれでも丁寧にアレク様に呼びかける。しかし返ってきたのは、軽蔑したような笑い声だった。

「あいにくと、伯爵家の人間ごときがいくら吠え立てたところで、僕にとっては痛くもかゆくもないんだ。僕に対して無礼を働いた連中に、仕置きをしているだけだから、罪になどならない」

さらりとそんなことを言ってのけると、彼はこれ見よがしに肩をすくめてみせる。

「まったく、彼女といい、君といい……僕をいら立たせることについては、天才的だな。似た者同士、ということか」

そうして、アレク様の顔にゆっくりと笑みが浮かんでいく。今まで見たことのない、ひどく獰猛な笑みだ。

「お前たち、まずはあの男を痛めつけてやれ！」

彼の号令に続いて、周囲の男たちが同時に剣を抜いた。その切っ先が、ぴたりとコーニーに向けられる。

「に、逃げてください、コーニー！」

「すぐに、終わりますから。怖いなら、目を閉じていて」

震える声で叫ぶと、耳元でコーニーの優しい声がした。

そうして、ふわりと彼が進み出た。次の瞬間、信じられないことが起こった。

コーニーは軽やかな足取りで男の一人に近づくと、しゅっと腕を振った。そして次の瞬間、男が剣を取り落とし、そのままうずくまる。

何がどうなったのか、全く分からない。コーニーの腕が男の腕をかすめたのは、確かに見た。でもたったそれだけで、大の男を一人動けなくしてしまうだなんて。

訳も分からず、ただコーニーを目で追う。彼は流れるような動きで、残りの三人もあっさりと倒してしまった。みんな怪我をしているようには見えないけれど、床に膝をついて痛そうにうめいている。

もしかして私、夢を見ているのだろうか。ただぽかんとしながら、目の前の光景を眺めることしかできない。

今、この地下室で立っているのはコーニーと私、それにアレク様だけ。メイドはおびえた様子で、部屋の片隅で震えていた。

たった一人で、しかもあっという間に、四人の敵を倒してしまった。それだけのことをやってのけたのにもかかわらず、コーニーは息一つ乱していなかった。私のところに戻ってきて、にっこりと微笑みかけてくる。

アレク様は目を真ん丸にしていたけれど、やがて深々とため息をついた。何だろう、あの感じ……呆れているの？　それとも、さらにいら立っている？

この状況にはそぐわないように思える堂々とした態度で、アレク様は優雅に進み出た。そうして、声高に叫ぶ。

「ああ全く、忌々しいな君たちは！　ことあるごとに僕に逆らい、いい気になって！　まさかこの程度で、僕をやり込めたつもりか？　なめられたものだ」

彼はわずかに顎を上げると、すっと目を細めた。尊大な表情で、私たちを見渡す。

「僕はホロウ公爵家を継ぐ者だ。そしていずれは、陛下の従妹である姫君に求婚する。男爵家や伯爵家の人間でしかない君たちは、僕の足元にも及ばない、取るに足らない存在だ」

その目が、私の上でぴたりと止まった。

「今日のところは、君たちの勝ちということにしておいてやろう。だがいずれ、身の程を存分に思い知らせてやる。……覚悟しておけ」

アレク様は、本気だ。確実に、また何か仕掛けてくる。ぞっとするほど冷たい彼の表情に、そのことを悟る。

自分の無力さが、悔しい。私のせいで、コーニーまでアレク様に目をつけられてしまったのに。それなのに私には、何もできない。

唇をかみしめてうつむいていたら、ふわりと肩が温かくなった。コーニーが、私の肩に手をかけていたのだ。大丈夫ですよ、どうか心配しないで。鮮やかな緑色の彼の目は、そう語っているように思えた。

彼は目を細め、今この場にいる人間を順に見渡していく。慈悲に満ちた、この上なく優しい表情で。

そうして、彼は厳かに告げた。

「コーネリアス・ラ・ルーミエル。それが私の本当の名前です」

自分の耳が、信じられなかった。ルーミエル、それは王族だけが名乗ることを許される、この国で最も特別な名だ。そして『ラ』は王太子に与えられる称号。この国の貴族なら、小さな子供でも知っている。

コーニーはまるで王子様みたいだなと、今までに何度もそう思った。気品にあふれていて、優しくて、素敵な人で。でもまさか、本当に王子様……王太子だったなんて。

さすがのアレク様も、これには驚いたようだった。ほんの少し上ずった声で、しかしやはり偉そうに言い返してくる。

「はっ！　言うに事欠いて、王族の名をかたるだと？　それも、王太子だと？　馬鹿馬鹿しい、それこそ、とんでもない重罪だぞ！」

しかしコーニーは少しも動じることなく、首元に飾っていたブローチを外した。かつて三人分の衣装が完成したあの時にロージーが持ってきた、ダイヤモンドのブローチだ。

ロージーはあの後も、私たちにブローチをいつも身につけておくよう熱心に言い立てていたのだ。せっかくお兄様とレベッカでおそろいなんですから、しまい込むなんてもったいないですわ、と言って。

そんなことを考えている私の目の前で、コーニーはブローチに両手をかける。ぱちんという音と共にブローチが開き、内側に刻まれた王家の紋章が姿を現した。王太子の位を表す飾り模様と共に。

「王家の……王太子の、紋章……」

今の状況も忘れて、コーニーをじっと見つめる。彼はちょっぴり寂しそうに微笑んで、私を見つめ返していた。

◇・◇・◇

地下室は、不気味なほどに静まり返ってしまいました。こうなることは予想していましたが、やはり苦しいものですね。

私はずっと、正体をレベッカに明かすことを恐れていました。私はコーニー・オーンブルとして彼女と出会い、共に時間を過ごし、そして彼女に思いを告げました。けれど王太子という身分を明かしてしまえば、彼女との関係が変わってしまうのではないか。そんな不安が、ずっと心の片隅にあったから。

彼女のご両親には、もう許しを得ていましたが……それでも、彼女には言えなかった。今日こそ言おう、明日こそ言おう。そう思いながら、ずるずると今日までやってきてしまいました。

アレク殿は、まだレベッカに執着しているようでした。公爵家の跡継ぎである彼は、普通の貴族よりもずっと強い権力を握っています。そして彼を放っておけば、さらに非道な行いに手を染めるかもしれません。

それを止めるには、より強い力が必要だと感じました。……だから、私は自分が持つ一番強い力を、示すしかなかったのです。レベッカを、守るために。

隣に立つレベッカに向き直り、じっと彼女の様子を見守りました。アレク殿が何やら捨て台詞のようなものを吐きながら、配下の方々と一緒に出ていくのを聞き流しつつ。

今は、そんなことよりも遥かに重大な問題がありました。レベッカは、レベッカは……さっきの告白を、どう思っているのでしょう。

「……驚かせて、しまいましたね。ごめんなさい」

そろそろと問いかけると、レベッカは視線を合わせずにつぶやきました。とても、虚ろな声で。

「……コーネリアス、さま……」

それは、私の本当の名です。けれどそう呼ばれることが、とても悲しいと思えてしまいました。まして、様付けだなんて。

震える腕で、彼女を力いっぱい抱きしめました。彼女との距離を、少しでも縮めたい、そんな思いにかられて。

「アレク殿との問題をできるだけ穏便に解決するために、私は正体を明かしました。……こんな形で話すことになってしまって、申し訳ありません」

そうつぶやくと、彼女は無言のまま、かすかにうなずいてくれました。

「どうやって打ち明けたら、少しでもあなたを驚かせずに済むだろう。これまで、ずっとそんなことを考えていたんです」

どう話しても、言い訳にしかなりません。分かっていても、言わずにはいられませんでした。

「……ですが、中々いい方法が見つからなくて……こうしてずるずると、先延ばしに……ごめんなさい、私が臆病なせいで、こんなことに……」

情けないなと、自分でもそう思ってしまいます。そのせいで、どんどん声が小さくなってしまいました。

「オーンブル家のコーニーも、王太子コーネリアスも、どちらも私なんです。あなたのことが何よりも大切な、恋する一人の人間で……だから、あなたを失うことだけは、耐えられなくて……」

彼女を抱きしめる腕に、力を込めました。もし彼女が私を拒むというのなら、いっそこの腕の中に閉じ込めてしまいたい。そんなことすら考えながら、じっと彼女の顔を見つめていました。

◇・◇・◇

私を抱きしめている彼の目は、泣きそうに揺らいでいた。

彼は、王太子コーネリアス様。私とは住む世界が違う人。でもその目は、表情は、まぎれもなくコーニーのもので。

「…………コーニー……？」

「はい」

何度もためらって。どうしようかと悩んで。そろそろと、名前を呼んでみた。

すると彼は、この上なく幸せそうな笑みを浮かべた。その拍子に、涙が一粒、きらりとこぼれ落ちていく。

その輝きを見ていたら、すとんと腑に落ちた。

ああ、彼の言う通りだ。彼は王太子なのかもしれない。コーニーという名や身分は、仮のものなのかもしれない。

でもここにいるのは、すがりつくようにして私を必死に抱きしめているのは、私の一番大切な愛しい人だ。そのことだけは、確かなんだ。

「……助けにきてくれて、ありがとうございます」

彼の目をまっすぐに見つめ返して、微笑み返す。いつもと同じように笑えているといいなと、そう思いながら。

するると彼は目を細めて、すっと顔を近づけてきた。どうしたのかな、とぼんやり考えたその時、唇をかすめる柔らかな感触。

その意味に気がついたとたん、かあっと頬が熱くなる。やはりしっかりと抱きしめられたままあたふたとする私に、コーニーが静かにささやきかけてきた。

「レベッカ、少しだけ、聞いてもらえませんか」

急に大暴れし始めた心臓を必死になだめつつ、こくりとうなずく。

「私は王太子でありながら、ずっと誰とも婚約していませんでした。もちろん、そういった話もあるのはあったのですが……どうにも気乗りがしなかったんです」

きっと私の鼓動は、彼にも聞こえているのだろう。その声は、ちょっぴり嬉しそうだった。

「……きっと私の伴侶となる方には、色々と苦労をかけてしまいます。それが、申し訳なくて」

彼がそんな風に考える理由が、さっぱり分からない。コーニーはとても素敵な人だし、王太子と結婚するような家の令嬢は、王宮暮らしを窮屈だと思うようなこともないだろう。

「なにぶん私は、この通り少々変わっていますから」

小首をかしげていたら、彼は苦笑交じりにそう続けた。

「私は美しいものが大好きで、ドレス作りにまで手を出すようになりました。こんな王太子は、きっとどこにもいないでしょうね」

言われてみれば、変わっているのかもしれない。でも私にとってコーニーは、最初からずっとそういう人だった。……だからこそ、好きになったのかも。

「家族や数少ない友人と談笑し、あとはひたすらにドレスのことを考える。そんな日々を過ごしていられれば、それでよかったんです」

ほんの少し切なげにつぶやくと、コーニーは私を抱きしめていた腕の力を抜く。一歩だけ下がって、正面から私に向き合ってきた。

「私はずっと、ただ夢だけを追いかける、世捨て人のような存在でした。そんな私が生まれて初めて、一緒にいたい、離したくないと思ったのがあなたでした」

ふと、彼の表情が変わる。柔らかなものから、凛々しく真剣なものに。

「今なら、あなたにも分かるでしょう。私の求婚を受けるということが、何を意味するのか」

彼の言葉に、はっとした。そうだ、私にとって彼は彼だ。コーニーでも、コーネリアス様でも変わりはない。けれど周囲の人たちにとっては、そうはいかない。

「けれどそれでも、もう一度言わせてください。どうかこれからの人生を、私と共に歩んでくれませんか？」

「はい。喜んで」

でも私は、少しも迷わなかった。迷いようがなかった。

「私が好きなのは、そうやってひたむきに夢を追うあなたなんです。王太子だったというのは、ちょっと……かなり、驚きましたけど」

手を伸ばして、彼の手をつかまえる。そのまま両手で、しっかりと握りしめた。

「でも、あなたはあなたです。私の一番大切な人だってことに、変わりはありません」

ぎゅっと手に力を込めて、息を吸う。

「これまであなたは私にたくさん寄り添ってくれて、助けてくれて……今度は、私があなたに寄り添っていけるよう、頑張ります」

そう宣言すると、コーニーがふんわりと嬉しそうに笑み崩れた。

「あ、でも……」

しかしその時、ふとこんでもないことに気がついてしまう。

「私、男爵家の者ですが、大丈夫なんでしょうか。その、身分とか……」

たぶん遠からず、私は王太子の婚約者になるのだろう。そしていずれは王太子妃に、王妃に。男爵家の娘がそんな地位に上りつめるって……聞いたことがない……。

青ざめる私に、彼はとても朗らかに声をかけてきた。

「大丈夫ですよ、レベッカ。私の周りの方々は、みんな理解のある人ばかりですから。それに」

ふと言葉を切って、彼は笑う。やけに不敵な笑みに、背筋がざわざわした。

「私ももう、覚悟を決めましたから」

「覚悟……何の、ですか？」

「実はさっき、ちらりと頭をよぎったんです。王太子という立場があなたを私から遠ざけるというのなら、そんな立場は捨ててしまえばいい。そうして、オーンブル伯爵家の者として生きていけばいい。それなら、あなたを困らせることもありませんし」

「え、ええっ！　あの、それはさすがに、まずいと思います……」

「あなたと添い遂げるためなら、何だってしてみせますよ。私には、あなたしかいないのですから」

いっそ誇らしげなくらいに堂々と、コーニーは晴れやかな顔でそう言ってのける。

「これからもきっと、色々なことが起こるでしょう。でも私は、何があろうとあなたの味方ですよ、レベッカ」

刺繍がつないだ、王太子と男爵家の娘の恋。この先どうなるか、私たちにも分からない。でも一つだけ、確かなことがある。何があろうと、私たちはこの手を離さない。

「ありがとう、コーニー……ずっとずっと、一緒にいましょう。いつまでも二人で、素敵な美しい夢を見ましょう」

しっかりと手を取り合ったまま、私たちは歩き出した。地下室を出て、地上へ。橙色に染まり始めた太陽が、私たちを笑顔で出迎えてくれた。

第十八章　とんでもない種明かし

コーニーに手を引かれて、打ち捨てられた別荘を出る。草ぼうぼうの庭では、彼が乗ってきた白馬がのんびりと草をはんでいた。

「……本当に、白馬の王子様ですね。それも、とっても強い」

ついそんなことをつぶやくと、隣のコーニーがちょっぴり恥じらったような顔をした。

「この子に乗ってきたのは、たまたまですし……正体を明かしたのも、なりゆきで仕方なくそうなっただけですから。それに王族の男子は、いざという時のためにみっちりと戦い方を仕込まれるんです。暴力は嫌いですが、今回はとても役に立ちました」

彼はうつむいて、ぼそぼそと続けた。まるで、言い訳をしているかのように。

「本当は、この状況で単独行動などというのはもってのほかなんですが……無我夢中で別荘を飛び出してきましたから……分かれ道で途方に暮れるまでは、ずっと上の空でした。あなたに早く追いつかなくては、そんなことしか考えられなくて」

その言葉に、彼がどれだけ必死に私を探してくれたのか、改めて実感する。そうして、申し訳なさが込み上げてきた。

「……ごめんなさい。私が不用意によそのメイドに近づいたせいで……」

「いいんですよ。そんなあなたの優しいところが、私はとっても好きですから。それに、あなたがあのビーズを残してくれたおかげで、すぐに追いつくことができました」

そう言って彼は、上着のポケットに手を突っ込む。そこから出てきたのは、私がさらわれながらも懸命に落とし続けていた、あのビーズだった。縛られた不自由な手で、メイドの目を盗みつつ、巾着袋からこっそり取り出したものだ。

「まるで私に呼びかけるように、ビーズがきらりと光ってくれたんです」

あの広い分かれ道に落ちている、たった数粒のビーズ。普通の人間なら、おそらく気づきはしないだろう。でも、コーニーは気づいてくれた。

「あなたなら気づいてくれるって、追いついてくれるって、信じてました」

「その信頼に応えられて、本当によかった……」

優しく目を細める彼を見つめて、ほっと息を吐く。ああ、これでもう大丈夫だ。そう思った時、ふとあることを思い出した。

「前に王子様の話をしていた時に、あなたたちの様子がおかしかった理由が、やっと分かりました。私、とっくの昔に王子様に出会っていたんですね」

「あなたが王子様に憧れていると聞いた時は、さすがに動揺してしまいました……さすがに『私がその王子様です』とは言えなくて……」

あの時の、いつになくあわてふためいていたコーニーの姿を思い出し、ふっと柔らかな笑いがもれる。コーニーはちょっぴり落ち着かなさそうな様子だったけれど、やがて私につられるようにして笑みを浮かべた。

そのまま二人、一緒に笑い合った。この上なく、幸せな気持ちで。

そんなやり取りの後、私たちは白馬に二人で乗って、オーンブルの別荘に戻っていった。途中、顔色を変えた使用人たちやランディと合流できた。みんな、私たちの無事を知って心から安堵しているようだった。

そうして無事にオーンブルの別荘に帰り着いて、居間のソファに腰を下ろして一息つく。コーニーはその間ずっと、私のそばを離れなかった。

「……それで、何があったんだ。白昼堂々と、人さらいとは……」

この上なく険しい顔のランディに、コーニーが答える。私の隣に座り、私の手をしっかりと握ったまま。

「彼女をさらったのは、アレク殿でした。どうやら彼は、彼女に対して嫌がらせをしようと試みたようです。それとおそらく、私にも」

コーニーの説明にロージーが眉をつり上げ、ランディは牙をむく犬のように険しい顔になってしまった。

「……ですが、もう大丈夫です。その、私の正体を、明かしてしまったので……アレク殿と、レベッカの前で……」

はにかみながら、コーニーが小声で白状する。それを聞いた二人の顔から、一瞬で怒りが引っ込む。代わりに浮かんできたのは、驚きと……心配？　二人はそんな奇妙な表情で、私をじっと見つめてきた。

「その……かなり、驚いたけれど……コーニーでもコーネリアス様でも何も違わないんだって、どうにか納得できたから……大丈夫」

そろそろとそう言葉を足すと、ロージーが深々と息を吐いた。

「ああ、よかったですわ！　身分のせいでお兄様が振られてしまったらどうしようって、わたくしたちずっと、それだけが心配で」

そうしてランディも、うんうんとうなずいている。二人とも、そんなことを心配していたなんて。ロージーが私たちをくっつけようと頑張っていたことには、薄々気づいていたけれど。

ちょっぴり恥ずかしさを覚えたその時、ふとあることが気になった。

「その、もしかしてロージーやランディにも、本当の名前があるの……？」

するとロージーが、得意げに答えてくる。

「ええ。わたくしは王妹、真の名はロザリンド・ルーミエルですわ！　でもどうぞ、今まで通りにロージーと呼んでくださいませ！　敬語なんて使ったら、泣いてやりますから」

「……俺はランドルフ・ロッソ。ロッソ侯爵家の三男です。コーニー様の乳兄弟であり、手足として働いています」

普段とはまるで違うとても丁寧な口調と態度に、思わずランディをまじまじと見てしまう。

「ランディはこちらが素なんですの。お兄様が『お忍びの間くらい友人っぽくふるまって欲しい』ってだだをこねた結果、あんなことになったんですって」

ぽかんとした私に、すかさずロージーが説明する。ぽかんとしたまま、ランディに声をかけた。

「……見事な演技、ですね……」

「お褒めいただきありがとうございます、レベッカ様。これでようやく、貴女の前でも演技をせずに済みます。あれは中々に、疲れますので」

……全然違う。違いすぎる。困惑しながら隣のコーニーを見たら、彼は無言で笑いをこらえていた。

「今ですから明かしますが、俺はずっと困り果てていたのです。いずれ主の伴侶となられるだろうお方に、気安く接するなど……」

そしてランディは、いたって生真面目な顔でそんなことを語っていた。……主の伴侶。そんな言い方をされると、さらに恥ずかしくなってしまう。

「ちなみに、あなたがこの別荘で暮らし始めた時には既に、そのうちお兄様はレベッカに求婚するんだろうなって思ってましたのよ。わたくしも、ランディも。それなのにお兄様はもじもじしてばっかりで、もどかしかったですわ、本当に」

そんなに前から、そう思われていたなんて。さすがにそれは、気づいていなかった。

「……ですからわたくし、ちょっぴり先回りしたんですの」

言うが早いか、彼女は私がつけているブローチに触れた。前に彼女が私にくれた、エメラルドのブローチに。コーニーのダイヤモンドのブローチとおそろいの……おそろい……何だか嫌な予感がする。

「ほら、見てくださいな！　このブローチは、お忍びの際に身元を証明するために、王族がこっそり持ち歩くものの一つなんですのよ！」

コーニーのものと同じように宝石が台座ごとするりと動き、中から優美な紋章が姿を現す。王太子の飾り模様こそないものの、これは間違いなく王家の紋章だ。ぶるりと震えながら、そっと尋ねる。

「ねえ、だったらこれって、王族以外が持っていたら駄目な品なんじゃ……」

「構いませんわ。ちゃあんと、クリスお兄様たちの許可ももらってますもの。もっとも、事後承諾ですけれど」

「え、ええと、ロージー。その、クリスお兄様って……もしかして……」

突然飛び出した知らない名に身をすくめると、コーニーがおかしそうに笑って答えた。

「現王クリスティアン・レイ・ルーミエル。私たちの兄ですね」

普通の貴族ならおそれ多くてまず口にしない陛下の御名を、コーニーはごく自然に呼んだ。

「おや、顔色が悪いようですが、大丈夫ですか？」

「……コーニーが王太子ということについては、割とすんなり納得できたんですが……次から次へと雲の上の方々の名前を聞いてしまって、ちょっと混乱してしまって……」

そんな私の言葉に、ロージーは「わたくしは雲の上じゃありませんわ！」と抗議し、ランディは同情するような視線を向けてくる。そしてコーニーは大いにうろたえた顔で、おろおろしながら声をかけてきた。

「私は一応王太子ということになってはいますが、あくまでも仮の身分に過ぎません。ですから、そう身構えないでいただけると嬉しいです。それに兄上についても、国王としてではなく、私の兄だと考えていただければと、そう思うのですが……駄目でしょうか？」

「クリスお兄様は、わたくしと同じでちょっと体が弱いんですの。しかもまだ子供がおられないから、ひとまず王太子の座はコーニーお兄様が預かることになったんですわ」

ロージーが元気よく胸を張って、得意げに語る。

「コーニーお兄様は、王太子なんて荷が重いって嘆いていますけれど……お父様とクリスお兄様は、このままコーニーお兄様に次の王になってもらいたいって、そう言っておられるのよ」

「ロージー様。その言いようでは、レベッカ様にさらに重圧がかかってしまいますが」

「大丈夫ですわ。コーニーお兄様に代替わりするのはもっと先ですし。それに、愛があれば何だって乗り越えられるって、そう言うでしょう？」

「その、ロージー……みんなの前でそういうことを言われると、さすがに恥ずかしいわ……それに、次の王とか、言われても……」

「けれどレベッカ、今の王であるクリスお兄様は、いずれあなたの義兄になりますのよ？　先王であるお父様は、義父ですわね」

ロージーの恐ろしい一言に、ひゅっと息を呑む。硬直した私の腕に、コーニーがそっと触れた。

「レベッカ、大丈夫です。私の家族はみんな朗らかで、親しみやすい人ばかりですから……」

そうやって手を取り合う私たちを見て、ロージーが可愛らしく小首をかしげた。

「あら、いけませんわ。いつの間にか、話がそれていましたわね。それで、ブローチの話なのですけれど」

胸元に輝く緑色をちらりと見て背筋を伸ばす私に、彼女はすらすらと説明する。

「先日、わたくしとお兄様が『オーンブルの家族に会いにいく』って言って、しばらく留守にしていたことがあったでしょう？　あの時、わたくしたちは王宮に戻っていたんですの。クリスお兄様たちに、レベッカのことを話すために」

「私たちは、こんなに素敵な女性と親しくなれたのだと……そして私と彼女は思いを確かめ合うことができたのだと、そう家族に報告したんです。『案外何とかなるから、気にせずにさっさと正体を明かしてしまえ』とせっつかれもしましたが」

途中から、コーニーが説明を引き継いだ。けれど彼は、話しながらどんどん赤くなっている。そんな彼を見てくすりと笑うと、ロージーがいたずらっぽく言った。

「その時に、そのブローチをレベッカに贈ったことを話したんですの。みんな『よくやった』『コーネリアスは奥手だから、こっそり先走るくらいでちょうどいい』って褒めてくれましたわ」

「……陛下のお許しをいただけたらしい、ってことは分かったわ。でもやっぱり、王家の紋章を身につけるなんておそれ多くて無理よ……ねえ、これ、外してもいい？」

「気にする必要なんて、全くありませんわ。お兄様と結婚するのが先か、王家の紋章を堂々と身につけるのが先か、違いはそれだけですもの！」

ブローチを外そうとする私と、全力で押しとどめようとするロージー。そんな私たちを、コーニーはそれはもう嬉しそうに、にこにこと微笑みながら見守っていたのだった。

そうやって騒いでいるうちに、ようやくいつもの調子が戻ってきたように感じられた。突然さらわれた恐怖も、コーニーの正体を知った驚きも、ゆっくりと鳴りをひそめていく。

それを見て取ったのか、ずっと静かになりゆきを見守っていたランディが重々しく口を開いた。

「ところで、そろそろ確認しておきたいのですが……アレク様の処遇についてです」

アレク様の名前が出たとたん、コーニーとロージーがさっと笑みを引っ込めた。

「男爵令嬢を公爵家の跡継ぎが連れ去った、というだけでは、そこまで重い罪には問えないかと」

さっきまで和気あいあいとしていた部屋に、重苦しい空気が流れる。ランディは私たちの顔を見渡して、ことさらにゆっくり告げた。

「もちろん、コーニー様やレベッカ様が望まれるのなら、いくらでも手の打ちようがありますが」

コーニーがこちらを見て、そっと付け加える。

「……結果として、彼は未来の王太子妃に危害を加えた。そう言い立てることは、可能ではあります」

気づけば三人とも、気遣うような顔で私を見ている。思わず息を呑み、それからそろそろと吐き出した。

「……私は……今後アレク様が私や私の大切な人たちに危害を加えないのであれば、それ以上は望みません」

私が口にしたそんな言葉に、三人が同時にほっと息を吐く。無理にアレク様を処罰しようとすれば、王族としての権力を振りかざしたり、ちょっぴり後ろ暗い手を使う必要があったのかもしれない。そういったことが容易にうかがえる、そんな表情だった。

「やっぱり、レベッカは優しい、素敵な女性でしたわ……けれど嬉しい反面、ちょっと納得いかない思いもありますの」

そうつぶやくロージーは、感心しつつも、どことなく難しい顔をしていた。

「できることなら、アレク・ホロウをぎゃふんと言わせてやりたいですわね。ぐうの音も出ないくらいにやり込めてやるとか」

「ロージー、はしたないですよ」

そうたしなめるコーニーもまた、腑に落ちないといった様子だった。するとロージーが、唐突に話題を変えてくる。

「で、ちょっと思い出したんですけれど……アレク・ホロウはマチルダ姉様に求婚するために、レベッカにドレスを作らせようとしてたんですのよね？」

確かアレク様は、従妹姫に求婚すると言っていた。つまりその『マチルダ姉様』が、従妹姫ということで……。

私が考え込んでいるのに気づいたのか、三人が口々に声をかけてきた。

「マチルダ姉様は、私たちの従姉に当たる姫君なのですよ」

「とおっても頼りになる方なんですのよ！」

「王族であるということを抜きにしても、尊敬に値する方だと思います」

最後にそう付け加えたランディは、珍しくもちょっと照れたような顔をしている。

そんなランディを面白そうな目で見て、ロージーがさらに続けた。

「つまりマチルダお姉様も、そのうち……既に、かしら？　アレク・ホロウと関わることになりますわ」

アレク様は、自分の気にいった相手には愛想よくふるまえる方だ。そんなふるまいにマチルダ様がほだされたらどうしょうと、ちょっと心配になる。するとコーニーが、おかしそうな声でささやきかけてきた。

「心配は無用ですよ、レベッカ。姉様はそこらの姫君とはまるで違いますから」

「ええ。で、その機会を利用して、お姉様にあの不届き者をいい感じにとっちめてもらえないかなって思いますの」

「そうですね……アレク殿は懲りない方のようですし、マチルダ姉様と結婚して自分の地位を高めた上で私たちと張り合う……なんてことを考えていないとも限りませんね。でしたら、早めに現実を見ていただいたほうがいいかもしれません」

「現実を、見てもらう？」

どうもさっきから、ぽんぽんとおかしな言葉が飛び交っている。マチルダ様は、いったいどんな方なんだろう。

困惑する私に、ロージーの明るい笑い声が投げかけられる。

「マチルダお姉様は、とっても勇ましくて、おまけに手加減という言葉を知らない豪快な方ですわ。筋の通らないことも大嫌いですし。何より、自分より弱い男には興味がないんですの」

「私もたまに稽古をつけてもらうのですが、まだまだだと言われてしまいます……」

そう言って肩をすくめるコーニーを、私はただぽかんと見つめることしかできなかった。ホロウの私兵たちをたった一人で、それもあっという間に退けた彼より強い女性が存在するなんて、到底信じられなかったから。

「今のところ、未婚の貴族の中でお姉様のお眼鏡にかないそうなのはランディくらいだと、王宮ではもっぱらの評判ですわ」

ロージーがそう言ったとたん、またランディがかすかに恥じらって目を伏せた。ああ、やっぱりそういうことなんだ。

「ですから、マチルダ姉様がアレク殿の求婚を受けるなんてことは、まずあり得ないんです」

コーニーが考え考え、言葉を紡いでいる。ちょっぴり、深刻そうな顔だ。

「……といいますか、今回のことを話したら最後、姉様は止める間もなくホロウ家に乗り込んでいきますね。そして、問答無用で大暴れされるような気が……」

「アレク様にはいい薬になるでしょう。レベッカ様に危害を加えたこと、そしてマチルダ様をただの姫君と侮ったこと、大いに後悔していただきましょう」

そう締めくくったランディは、やはり彼にしては珍しく、大いに憤慨したような顔をしていた。

第十九章　新たな居場所

こうして私は、オーンブル伯爵家の秘密を知る者となった。

昔から、この国の王族たちはあまり人前に出ない。そして顔を知られていないのをいいことに、王族たちはお忍びでふらふらするようになったのだとか。

そしてオーンブル伯爵家とは、王族たちがお忍びで出かける時のために用意された架空の家だったのだ。その実態を知るのは王族たちのほか、彼ら彼女らに近しいごくわずかな者たちだけ。

今この別荘にいる使用人は、普段は王宮で働いている。使用人の中でも特に忠誠心が高く口の堅い、選りすぐりの者たちなのだとか。彼らは必要に応じて、オーンブル家の使用人を演じているのだそうだ。ランディといい使用人たちといい、見事な演技力だ。

アレク様が巻き起こした騒動に背中を押される形で、コーニーは私にこの秘密を明かした。彼は使用人たちに、私のことを未来の妻だと改めて紹介したのだ。

そうして彼らは、この上なくうやうやしく私に向かって頭を下げてきた。レベッカ様、どうぞこれからもよろしくお願いいたしますと、そう言って。どことなく弾んだその声に、私も自然と笑顔になっていた。

◆◆◆

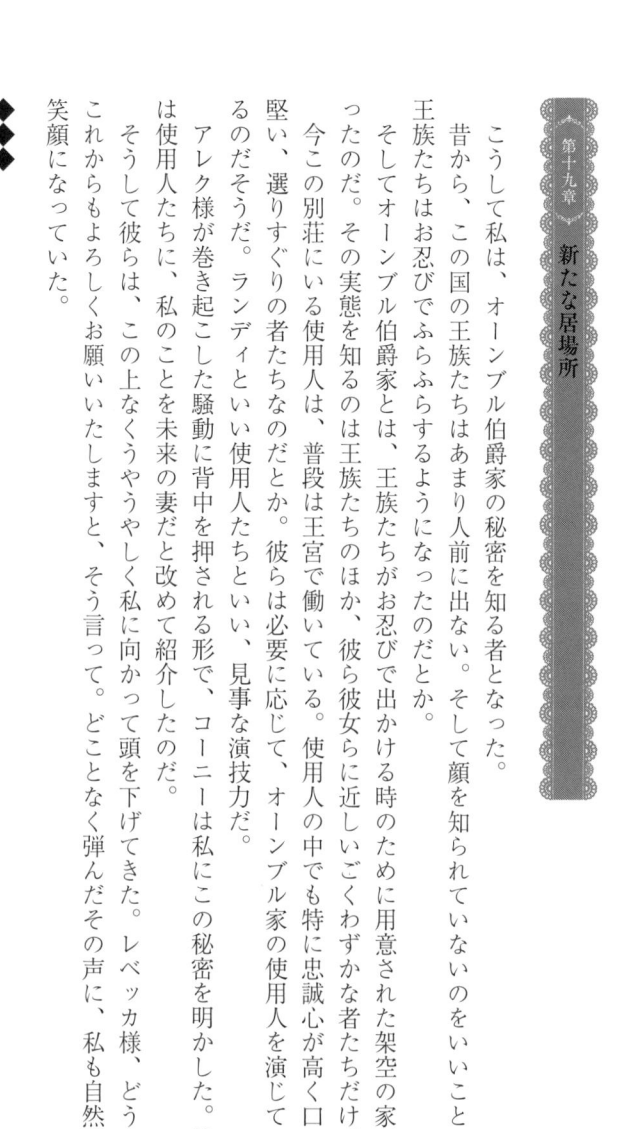

そんなあれこれから、半月ほど経って。コーニーたちはいったん休暇を終えて、王宮に戻ることになった。

そうして、オーンブルの別荘を発つその日。

「わたくしも、もうすっかり元気ですわ！　人込みにも慣れましたし、これなら王妹として公務もこなせますわ！　休暇の目的は、十分に達成できましたわね！」

ロージーは、そう言って私の左腕に抱きつく。

「私も、たくさんのドレスを目にすることができました。それに、あなたとも出会えました。こんなに得るものの多い休暇は、初めてです……」

コーニーは、そう言って私の右手をそっと取った。

「……本当に、私も王宮で暮らすんですか？　その、城下町に滞在して王宮に通う、というのは駄目でしょうか……」

二人と離れるのは寂しい。だから、王都まではついていこうと思ったのだけれど……「わたくしのお部屋のお隣がちょうど空いていますから、そちらをレベッカの部屋にしましょう」というロージーの宣言により、私は問答無用で王宮に連れていかれることになってしまったのだった。

私が、王宮で暮らす。考えただけでもおそれ多い。コーニーたちの正体についてはもう気にならなくなっていたけれど、それとこれとは別だ。しかも、王族たちのすぐ近くでなんて。

「大丈夫です、心配ありませんよ。何かあったら、私もロージーも全力で手を貸しますから」

弱気になっている私に、コーニーがわくわくした顔で微笑みかけてくる。こんな表情をされてしまったら、もう反論できなかった。彼らは、私が自分のすぐ近くで暮らすことを心底楽しみにしているようだったから。

　これも、コーニーのため。そう腹をくくって、私は二人に挟まれたまま、王宮に向かう馬車に乗り込んだのだった。


　かつて、あの最高傑作のドレスをまとって足を踏み入れた王宮。けれど今、私は普段着のまま、しかも王宮の奥のほうに向かっていた。

「さあ、今日からここがあなたのお部屋ですのよ！　困ったことがあったら、遠慮なくわたくしを頼ってくださいまし！」

「ふふ、また明日。王宮にあなたがいると考えただけで、嬉しくて眠れなさそうです……」

大いに張り切った様子のロージーと、ちょっぴりそわそわしているコーニー。二人におやすみの挨拶をして、一人きりになる。今日からは、ここが私の部屋。

　幸い、一度ホロウ公爵家で暮らしていたおかげで、豪華で贅沢な部屋自体には割とすんなりとなじむことができた。これなら、案外何とかなるかも。ふかふかの寝台にもぐり込みながら、自然と笑顔になっていた。

　けれど次の朝、コーニーとロージーと一緒に食事をとった直後のこと。二人は顔を輝かせて、口々に言ったのだ。父上たちがあなたのことを待っています、一緒に行きましょう、と。

「あの、緊張します……とっても、緊張するんですが……どうしましょう、コーネリアス……」

そうして私は、これまでの人生で一番緊張しながら廊下を歩いているのだった。笑顔のコーニーたちに囲まれて。

ちなみに王宮にいる間は、彼らのことを本名で呼ぶことになっている。そして当然のように、みんな様付けを拒否してきた。

そんな風に、みんなはいつも通りだけれど……これから会うのは、この国を治める国王陛下と、その家族の方々だ。大丈夫かな、そそうをしてしまったらどうしよう。そんなことを考えてしまって、足取りがさらにぎこちなくなる。

「緊張する必要はありませんよ。国王だ何だと大仰な肩書がついてはいますが、みんな私たちの家族なのですから」

「ふふっ、そうですわ。お兄様やわたくしをこんなに自由にさせているような、そんな人々ですのよ？」

「……俺に対してもとても親切にしてくださる、素晴らしい方々です」

そんな私に、コーニーたちが口々に声をかけてきた。温かい言葉に、ふっと気持ちが軽くなる。

そうか、王族だと思うから落ち着かないのであって、コーニーたちの家族だと思えばぎりぎり……本当にぎりぎり、平静を保てるような気がする。

「ほら、着きましたわよ！」

ロージーの明るい声に、我に返る。ここは、王族とその友人や客だけが使うという居間だと聞いている。またしても緊張が舞い戻ってきたのを感じながら、入り口の扉をくぐる。

そこは、天井の高い、明るくて広い部屋だった。正面の大きな窓の近くに、やはり豪華な椅子がいくつも置かれていた。

そして四人の男女が、ゆったりと椅子に腰を下ろしている。四十代の男女と、二十代半ばくらいの男女だ。年かさの二人が先王陛下と王太后殿下で、若い二人が現王陛下と妃殿下、のはず。

この国では、王が老年を迎える前に王位継承が行われるのが一般的だ。だから、ここに集まっているのが比較的若い方々ばかりというのもうなずける。

部屋に入ってお辞儀をし、コーニーに誘導されて空いた椅子に座る。その間、みなさまずっと興味を隠そうともせず、きらきらした目で私を見つめていた。その様子に、なるほどこの方々はコーニーとロージーの家族なんだなと、こっそりとそんなことを思う。

そうして全員が席に着くと、コーニーの兄である現王陛下がゆったりと口を開いた。コーニーと似た面差しで、もう少し骨太だ。陛下は病弱な方だと聞いているけれど、想像していたよりはお元気そうだ。

「はじめまして、レベッカ。私はクリスティアン、ここへリオレーネの王だ。……弟と妹が、世話になっている」

それに続くように、みなさまが次々と声をかけてくる。ぱっと立ち上がって、一人ずつに言葉を返していく。まだちょっぴり緊張している私を、みなさまは温かい目で見守ってくれていた。

挨拶も終わったので、もう一度お辞儀をして腰を下ろす。と、クリスティアン様が微笑んだ。やはりコーニーと似た、穏やかな笑みだ。

「聞いていた以上に魅力的なお嬢さんじゃないか。コーネリアス、君は本当にいい人に巡り合えたんだな」

「そうですわね、あなた。愛らしくて、控えめで……仲良くなれそうです」

さらに、クリスティアン様の隣に座っておられるディアナ妃殿下も嬉しそうに口を開いた。陽だまりのように温かな雰囲気の、ほっとする感じの方だ。

いきなり褒められてしまって、くすぐったくてたまらない。膝の上に手を置いてもじもじしていると、ディアナ様が私に声をかけてきた。

「ねえ、レベッカさん。あなたとコーネリアスが作ったというドレスも、こちらに持ってきているのですか?」

「は、はい」

今まで作ったものや布などの材料は、全部王宮に運んでもらっている。どうしてそんなことを聞くのだろうかと思いながら、すぐにうなずいた。するとディアナ様は、うっとりとした表情で身を乗り出してくる。

「でしたら一度、着てみせてもらえませんか? あなたたちのドレスの噂が、ここまで届いていて……気になっていたんです」

「君は、元々お忍びが好きだったな。しかし私の看病やら何やらで忙しくさせてしまって……思えば最近、華やかな場に顔を出せていなかった」

そんなディアナ様を見て、クリスティアン様が寂しそうに笑う。しかしすぐに、ぱっと頼もしげな表情を浮かべた。

「よし、気合を入れて養生して、今度お忍びで遊びにいこう。コーネリアスとレベッカの二人に影響されたという今の流行を私もこの目で見てみたかったから、ちょうどいい」

「まあ、あなた……嬉しいです……今夜の薬草茶は、もっとよく効くものにしますね」

「む、あの恐ろしく苦いものか……これも君のためだ、耐えてみせよう」

……国の頂点に立つ人たちのものとは思えない軽やかな会話に、つい笑いそうになる。コーニーとロージーがじゃれ合っている姿によく似ているなあと、そんなことを思ってしまって。

一生懸命に真顔を保とうと努力していたら、今度は王太后ハリエット様が会話に加わってきた。

「あらあ、それは楽しそうね。だったらわたしは、レベッカたちがお裁縫をしているところが見てみたいわ」

ハリエット様は少しふっくらとした、とても若々しい女性だ。コーニーよりもさらにおっとりとした、ふわふわした感じが親しみやすさを感じさせる。

「前に、コーネリアスとロザリンドに贈ったというぬいぐるみを見せてもらったのだけれど、あれは本当に見事だったわ。あんなにちっちゃいのに、細部まできちんと作られていて……」

「そうだな。私は刺繍の良し悪しはよく分からんのだが、あれは大したものだということは、一目で分かったぞ」

ハリエット様に相槌を打っているのは、前の王であるフレドリック陛下。五年も前に退位されたからなのか、のんびりと自然体でふるまっているように見える。はしゃいだその表情は、どことなくロージーに似ていた。

「きっと、針さばきも見事な、美しいものなのでしょうねえ……」

「いずれ、見せてもらうとしよう。彼女はしばらく、王宮で暮らすのだから」

こちらはこちらで、またとんでもないことを言っている。先王夫妻に見守られながらお裁縫をする……どう考えても、集中できそうにない。指を刺してしまいそう。

「それにしてもあのぬいぐるみ、本当に可愛かったですわね」

「お前は最近、それればかりだな。もっとも、私もその気持ちは大いに分かる」

「あれはぬいぐるみというより、一流の芸術と言えるかもしれませんわね。あんな素敵なものをもらえるなんて、コーネリアスたちがうらやましいわ」

視線を感じる。フレドリック様は思わせぶりに目配せしてくるし、ハリエット様はおねだりするような目でじっと見つめてくる。

……この目つき、覚えがある。頼みたいことがある時の、ロージーとコーニーの表情にそっくりだ。ふと隣のコーニーとロージーを見たら、二人とも澄ました顔で目をそらしていた。ロージの後ろに控えているランディは、どうやら笑いをこらえているようだった。

そうして、またハリエット様とフレドリック様に視線を戻す。すると、ハリエット様とばっちり目が合ってしまった。

「……あなたのぬいぐるみ、とっても素敵ね？」

駄目押しとばかりに、ハリエット様は上目遣いでそう言ってくる。

「お褒めいただき、ありがとうございます。……その、よろしければ一つ、お作りしましょうか……？」

ためらいがちに切り出したら、ハリエット様がぱあっと顔を輝かせる。

「ぜひお願い！　やったわあなた！」

「レベッカ、ぜひ私にも一つ……」

すぐさま、フレドリック様が口を挟んだ。返事をしなくちゃと口を開きかけたその時、今度はクリスティアン様が軽く手を挙げる。

「手間でなければ、こちらにも二つ頼めないだろうか。私とディアナに一つずつ、つがいだとお嬉しい。急ぎはしないから」

「レベッカさん、お願いしてもよろしいでしょうか？」

ディアナ様も、乙女のように頬を染めて言葉を添えてくる。

「はい、順にお作りしますので……」

そう答えたら、四人が一斉に大きな笑みを浮かべた。私のぬいぐるみを楽しみにしてくれていることがよく伝わってくる、そんな笑顔だ。うん、頑張って素敵なものを作ろう。心からそう思えた。

でもやっぱり、まだちょっと頭がついていっていない。だって、先王両陛下と現国王両陛下にぬいぐるみをねだられるなんて、そうそうあることではないし。

そんな様を見守っていたロージーが、大人びた笑みを浮かべて肩をすくめた。

「もう、みんなったら。レベッカが戸惑ってますわよ。……あのぬいぐるみが欲しくなってしまう、その気持ちはとおっても分かりますけれど」

そうしてコーニーも、苦笑しながらささやきかけてきた。

「すみません、みんなはしゃいでしまっていて……あなたに会えて、浮かれてしまっているんです。その、大目に見ていただけると助かります」

「いえ、むしろ嬉しいです。こんなに温かく迎えてもらえるなんて、思いもしなかったので……」

声をひそめてそう答えたら、彼は軽く眉根を寄せた。いぶかしんでいるような顔だ。

「もしかして、身分のことをまだ気にしていましたか？　前に、大丈夫だと言いましたよ？」

「……それは、そうなんですが……王族の方々にご挨拶するんだ、って考えたら、やっぱり気になってしまって」

そっとうつむくと、いきなり朗々たる声が響き渡った。

「レベッカ、お前はもうとっくに私たち家族の一員だ！　胸を張って、堂々としているといい！」

弾かれるように顔を上げると、先王フレドリック様と目が合った。彼は私をまっすぐに見つめ、さらに続ける。

「コーネリアスがお前を愛し、お前もその思いに応えた。そして私たちは、お前を好ましい人物だと判断した。それで十分だ」

先ほどまでのほんわかした様子とはまるで違う、王の威厳に満ちた威厳をたたえた声。慈悲深さを感じさせる、静かな笑顔。ハリエット様も、クリスティアン様とディアナ様も、そしてロージーとランディも、みんな温かな目で私を見守っていた。

突然のことにぽかんとしていると、コーニーがそっと私の手を取り、引き寄せる。まるで壊れ物でも扱っているかのように優しく、でもしっかりと。

彼の顔をじっと見つめて、それからこの部屋に集まっている人たちを見渡して。胸がどきどきしているのを感じながら、すうっと息を吸った。

「私は、みなさまの輪に加わることができてとても嬉しいです。どうぞこれから、よろしくお願いいたします！」

ちょっぴり上ずった声で言って、ぺこりと頭を下げる。返ってきたのは、とびきり優しいたくさんの笑い声だった。


そうして、私は新しい家族に迎え入れられた。

ちなみにあの四人は『陛下』や『殿下』といった敬称を全力で拒否した。せっかく家族になるのだから、そんな堅苦しい呼び方をしないで欲しい。全員が口をそろえて、そう主張したのだ。

そう言えば、コーニーとロージーもこうだったな、とふと思い出す。出会ってすぐに友人になり、様をつけずに呼ぶことになって。そして二人の本当の名前を知ってからも、以前と同じように接して欲しいと頼み込まれたのだった。

王族ってこういうものなのかなと、コーニーたちを見ながらずっと不思議に思っていたけれど、あんな素敵な人たちのもとで育ったのなら、二人がこんな風に育つのもうなずける。

そんな訳で、私は新しい家族のことを、名前に様づけで呼ぶことになってしまった。心の中でこっそりと呼ぶのはともかく、声に出して呼ぶにはまだまだ覚悟がいる。でも、頑張って慣れよう。私を温かく迎え入れてくれた、みんなの笑顔のためなのだから。

◆◆◆

とっても緊張した、けれど胸が温かくなる顔合わせを終えて、一度自室に戻ることにした。さっきよりは落ち着いた足取りで、コーニーたちとお喋りしながら歩いていた、その時。

「はじめまして、君がレベッカね？」

かすかにかすれた、しかしそこが何とも色っぽい女性の声がどこからか聞こえてきた。

驚いて辺りを見渡していると、たっぷりとした灰色の髪を結い上げた背の高い女性が、しなやかな足取りで近づいてきた。古めかしい豪華なドレスをまとっているのに、その重さを少しも感じさせない。

彼女はコーニーたちにきびきびと会釈すると、私の前に立ち、さわやかに笑った。

「私はマチルダ・ルーミエル。現王クリスティアン国王陛下やコーネリアスたちの従姉妹に当たる」

マチルダ。その名前には聞き覚えがあった。かつてアレク様が求婚するのだと息巻いていた、従妹姫の名だ。

……とっても勇猛で、コーニーよりも強い女性。そんな言葉が脳裏によみがえり、思わず眉間にしわが寄ってしまう。

確かにマチルダ様の身のこなしは、とてもしなやかで力強い。でも上品で優雅で、男性より腕が立つようには見えない。

首をかしげていたら、マチルダ様がにやりと笑い、かがみ込んで顔を寄せてきた。思わずどきりとした私の耳に、彼女は小声でささやきかけてくる。まるで少年のように生き生きとした、楽しげな声で。

「アレクが君にしたことについて、全部聞いた。その分、きちんと僕がぶっとばしておいたよ」

ぶっとばした。具体的に何がどうなったんだろう。知りたいような、知りたくないような。それはそうとして、『僕』……？

「ついでに少し話してみたんだが、駄目だな、あれは。性根が完全に腐ってる。女の敵だ。今のうちに再起不能にしておいたほうがいいだろうかと思ったんだが、一度だけ情けをかけてやることにした。あいつはただの屑だが、親のほうは頑張っているようだったから」

「情け、ですか……？」

相変わらず優雅そのものの姿からはまるで想像もつかない、男性のような口調と声音。ぞくぞくするほど魅力的で、奇妙なくらいにこの人に似合っている。

「ああ。『この馬鹿息子は犬以下だ、お前たちは厳しくしているつもりだろうが、まだまだ生ぬるい。きっちり首輪をつけて、躾け直しておけ。さもないと、今度は家ごと潰す』と、親のほうにそう言い聞かせてきた」

ぽかんとする私に、マチルダ様はおかしそうに話し続ける。

「どうしてもアレクが手に負えないのであれば、しばらく男ばかりの鉱山に放り込んでやるといい。辺境のほうにちょうどいい鉱山があるから、言ってくれれば手配するぞ、と助言もした」

「……あの、ところで……まさか、そのお姿で、その言葉を……？」

「ああ、言ったよ。ちなみにアレクのほうには『今度くだらない真似をしたら、物理的に潰す』と言っておいた。問答無用で引っつかんでぶん投げて、ついでに腕をひねり上げて拘束した上で」

「……容赦、ないですね……コーネリアスたちから、あなたのことは聞いていましたが……想像以上です」

呆然としたままつぶやいたら、マチルダ様はにっと頼もしい笑みを浮かべた。

「当然だろう。僕はああいう、女性を泣かせる生き物が大嫌いなんだ」

ひそひそ声でそう言ってから、またマチルダ様はすっと私から離れる。

「……そういうことだから、君は何も心配しなくていい。これ以上、彼が何かしてくることはない。もし動き出したら、私がどうにかする」

その声音は、また上品な女性らしいものに戻っていた。今の今まで男性そのものの口調で話していたとは、到底思えない。

「そうだ、レベッカ。アレクが私にちょっかいをかけようとしていたことを知って、君は私のことを心配してくれていたと聞いた。ありがとう。コーネリアスが選んだのが心優しい女性で、私は嬉しい」

「こ、こちらこそわざわざ、ありがとうございます……」

　彼女のさわやかな笑顔がまぶしくて、つい口ごもってしまう。するとすぐ後ろで様子を見守っていたロージーが、楽しげに言った。

「マチルダお姉様ね、お忍びの時は男装するんですの。惚れ惚れするくらいにかっこいいんですのよ。ドレス姿で戦っているのも、かっこいいんですけど」

　その言葉に、にっこりと笑っているマチルダ様を思わずまじまじと見つめてしまう。この方が男のなりをしたら……この上なく似合いそうだ。想像したら、また胸が高鳴ってしまった。

「あ、見とれてますわ。やっぱりレベッカもそういう反応になるんですのね。実際に男装のお姉様を見たら、どうなることかしら」

「男として、彼女の婚約者として、とても複雑な気分です……」

　そんな私を見てロージーは楽しそうに笑い、コーニーはちょっとすねたような顔になっている。そしてマチルダ様は、彼女たちに朗らかに話しかけた。

「ロザリンド、元気そうで何より。コーネリアス、私は君の婚約者を取ったりしないから安心するといい。ランドルフ、戻ってきたのなら午後にでも手合わせに付き合って欲しい。君がコーネリアスと一緒に王宮を離れてしまうと、退屈で仕方ないから」

「はい、喜んで」

「……私にこれ以上面倒な虫がつく前に、早く私を超えてもらいたいな」

生真面目に答えるランディに、マチルダ様が目を細めて笑いかける。するとランディが、露骨に照れた。……これはマチルダ様のほうも、ランディのことを憎からず思っているような……この先どうなるのか、気になってきた。

そんな私の思いを読み取ったかのように、ロージーが笑顔で目配せしてくる。

「それでは、また。私はだいたい王宮にいるから」

マチルダ様は苦笑を浮かべ、立ち去ろうとする。しかしすぐに、肩越しに振り向いた。

「……ああそうだ、レベッカ。君さえよければ、私のことも『お義姉様』とでも呼んでくれると嬉しい」

明るい笑顔と親しげな言葉を残して、マチルダ様は風のように去っていったのだった。

第二十章　喜びで塗り替えて

王宮で暮らすようになってからしばらく経ち、秋も終わりに近づいたある日、私は自室で来客を待っていた。隣には、コーニーもいる。アレク様とのあの不幸な婚礼の時以来顔を合わせていない両親が、王宮に来てくれることになったのだ。

私はイーリスの家を出てから、ずっと両親と手紙をやり取りしていた。ホロウにいた頃は、両親を悲しませないように、一生懸命に明るいできごとばかりを書いて送った。でもオーンブルの別荘に移ってからは、ありのままのことを記すことができた。

ただ、コーニーと思いを伝え合ったことについては、ちょっとぼかして伝えた。そのまま伝えるのは、さすがに恥ずかしかったから。

すると両親からは「やっと、よい方に巡り合えたな」「今度こそ幸せになってね」といった返事がやってきた。その文章からは、かつて私がホロウで苦しんでいたことを二人が知っているような、そんな印象を受けた。

やっぱりあの婚礼のせいで、両親には感づかれていたのかな。私の結婚生活が、ひどいものになっていたのだと。

ひとまずそのことについては、それで納得していた。ただやがて、もっと大きな問題にぶち当たったのだ。

私に求婚してくれた人は、私が未来を誓い合った人は、王太子だった。

このことを、どうやって両親に伝えよう。どうやっても、大騒ぎになりそうな気がする。かつて私に正体を打ち明けられずに悩んだコーニーの気持ちが、今さらながらによく理解できた。

悩んで悩んで、結局コーニーに相談することにした。すると彼は、とんでもないことを白状したのだった。

「実は、あなたに求婚する前に、あなたの両親に会ってきたんです。ホロウでのことも、私の正体も、全て明かしてきました」

「もしかして、あなたが一人でしばらく出かけていた、あの時のことですか⁉」

「はい。あなたに求婚する前に、きちんとご両親に話を通しておくべきだと思ったんです。それにあなたのご両親は、あなたの様子がおかしいことに気づいていましたよ」

「だからって、まさかあなたの正体まで明かしてしまうなんて……私の両親、もちろん驚いていました……よね」

「はい。たいそう驚かれていましたが、じっくり話し合ったら、仲良くなれましたよ」

そんなやり取りを経て、私はまた両親に手紙を書いた。正式にコーニーと婚約して、今は王宮で暮らしています。ぜひ一度、会いにきてください、と。

そうして今日、ついに両親がやってくるのだ。

二人でお喋りをしていたら、やがて来客を告げる声がした。使用人に導かれて、緊張した両親がそろそろと部屋に入ってくる。二人はコーニーの姿を見るやいなや、深々とお辞儀をした。

「お久しぶりです、コーネリアス様」

「このようなところにお邪魔することになるなんて……失礼のないよう、十分に気をつけます」

両親は緊張しつつも、コーニーに穏やかな笑みを向けている。

「お二人とも、元気そうで何よりです。どうぞ、気兼ねせずゆっくりとくつろいでください」

そしてコーニーもとても親しげな態度で、二人を出迎えている。本当だ、打ち解けている。この三人は、私の知らないところで何を話し合ったんだろう。

複雑な気分で三人を見守っていたら、両親が私に向き直った。さっきまで柔らかく微笑んでいた二人が、見る見るうちに悲しげに眉根を寄せてしまった。

「レベッカ、久しぶり、だな……元気そうで、よかった……」

「それに、とても幸せそうで……」

ふらふらと頼りない足取りで、二人がこちらに歩み寄ってくる。そうして私をしっかりと抱きしめると、そのまま泣き崩れてしまった。

「……あの婚礼の時に、私たちはようやく気づいたの。ああ、娘を間違ったところに嫁がせてしまったんだって」

涙に濡れた声で、お母様が絞り出すようにつぶやく。必死に私の腕をつかんでいるその指は、かすかに震えている。

「私たちの娘が、遥か格上の家から是非にと望まれた。そのことで、舞い上がってしまったんだ……それまでに、おかしいと思うことはいくつもあったのに、目を背けてしまっていた」

私の方に手を置いて、お父様が苦しそうな声で言った。いつも穏やかで冷静なお父様がこんな表情をしているのは、初めて見た。

「あなたを助けなきゃ、連れ戻さなくちゃって、ずっとそう思っていたの。けれど私たちの立場では、ホロウ公爵家には何も言えなくて……」

「いっそ、ホロウの屋敷に乗り込んでお前を連れ去ってしまおうと、そう思ったことすらある」

お父様の口から飛び出たそんな言葉に、目を見張る。

「しかしそんなことをすれば、私たちが処罰されるかもしれない。ひいては、我がイーリスの民を苦しめてしまうかもしれない。そう思ったら、動くことができなかった」

ホロウの家に嫁いでから、毎日が苦しかった。でも私と同じくらい、両親も苦しんでいたのだ。そのことを実感してしまい、目頭が熱くなる。

「お父様、お母様、心配させてごめんなさい……」

「謝るのは私たちのほうよ、レベッカ……助けてあげられなくて、ごめんなさいね……」

「ああ、そうだ。私たちの過ちのせいで、お前を苦しめてしまって……すまなかった」

そうして三人で、しっかりと抱きしめ合い、静かに涙を流す。両親の向こうで、コーニーがそっと私たちを見守ってくれていた。

そうやって、ひとしきり再会を喜び合って。私たちはそのまま、和やかなお喋りを始めていた。

両親はもうすっかり彼となじんでしまい、まるで親戚同士で集まっているような、そんな穏やかさが漂っていた。

ただ、子供の頃の私の話になったとたん、三人とも大いに盛り上がってしまって……ちょっと恥ずかしかった。コーニーは目をきらきらと輝かせて、もっともっとと話をねだっているし、両親は両親でやけに張り切ってあれこれと話し出すし。

ひとしきりお喋りに花を咲かせて、一息ついたその時。

「あの、お母様。お願いがあるのですが……」

そう切り出して立ち上がり、クローゼットにしまっておいた花嫁衣裳を取り出した。私とお母様が丹精込めて縫い上げたドレスは、豪華な王宮の中ではあまりに素朴なものにしか見えなかった。けれど、それでもやはり美しかった。

悲しい婚礼を思い起こさせるこのドレスを、私は捨てる気にも、解体する気にもなれなかった。そうして結局、王宮まで持ってきてしまっていたのだ。

「これを、持って帰ってもらえませんか？　手元に置いておくのは、まだ少し辛いので……」

「そのドレスについて、私から一つ提案したいことがあります」

答えたのはお母様ではなく、コーニーだった。彼は大股に近づいてくると、私の手から慎重にドレスを受け取る。

「かつてこのドレスには、希望が詰まっていたのでしょう。丁寧に縫われた一目一目から、そんな思いを強く感じます」

彼は愛おしげに、ドレスを見つめていた。かつて私とお母様が作り上げた、純白のドレスを。

「けれどかつての不幸な婚礼により、レベッカにとってこのドレスは、悲しみの象徴となってしまいました」

そこで、彼はふっと顔を曇らせた。何かを悩んでいるような表情で、ぎゅっと唇を噛んでいる。

やがて、ひどく弱々しい声が聞こえてきた。

「……公爵家の、それも跡継ぎの婚礼ともなれば、少なくとも一人くらいは王族が顔を出すのが通例です。そしてたまたま休暇中でホロウの屋敷の近くにいた私に、その仕事が回ってきました」

食い入るようにドレスを見つめながら、彼は絞り出すように言った。

「……私も、ホロウの婚礼の場に、いたんです」

その言葉に、さあっと血の気が引いていく。コーニーに、あの姿を見られていた。私の人生が壊れ始めた、その瞬間を。幸福の頂点から絶望の底に突き落とされた、あの様を。

コーニーがすっと片手を伸ばし、私の肩を抱き寄せる。震える私を、安心させるかのように。

「あの時私は、ひとりぼっちの花嫁が気にかかってなりませんでした。何か、彼女の力になれないか。そんな思いを、ぼんやりと抱え続けていたのです。それほどに、あの姿が心に焼きついていました」

彼の打ち明け話に驚いてしまって、何も言えない。私も、両親も。

「そうしてレベッカと出会い、親しくなり……こうして、彼女を支えていけるようになりました。これからは、私が彼女を守り、幸せにしていけるんです」

私を抱き寄せる手に力を込め、コーニーは晴れやかに笑う。けれどまた、難しい顔になってしまった。

「けれど彼女の中には、あの暗い過去がまだ根を張っています。だからこそ、彼女はこの素晴らしいドレスを遠ざけようとしました」

黙ったまま、彼が抱えているドレスに目をやる。やはり、ちくりと胸が痛むのを感じる。

「過去を変えることはできません。けれど、もっとずっと大きな喜びで塗り替えることならできるかもしれない。私は、そう思うのです」

コーニーの声に、力がこもっていく。思わず彼の顔を見上げると、凛々しく、決意に満ちた横顔が見えた。

「彼女がこのドレスを見るたびに悲しい顔をしているのは、嫌なんです。ここに込められた希望がまた彼女の胸に届くように、私は手を尽くしたい」

そこで彼は言葉を切り、私にそっと笑いかけた。

「どうしたらいいのかずっと悩んでいたのですが、最近あることを思いついたんです」

両手でドレスを掲げ持ち、私たちに見せるように広げる。悲しみをかきたてる、けれどやはり美しいドレスの裾がひるがえる様に、ふっと目が吸い寄せられた。

「レベッカのことを大切に思う人々の力を合わせて、このドレスを新たなものへと作り替えるというのは、どうだろうかと」

みんなの力を合わせて、ドレスを作り替える。具体的にどうなるのか、想像もつかない。それは両親も同じだったらしく、二人して目をぱちぱちさせていた。

「彼女がこのドレスを見た時に、かつての悲しみではなく、私たちのにぎやかな悪戦苦闘を思い出して笑顔になれるように」

一方のコーニーはさらりとそんなことを言い放ち、今度は両親に向き直った。

「ですからどうか、お二人の力を貸してはもらえませんか」

そうして、両親に向かってゆっくりと頭を下げる。普通はまずあり得ないそんなふるまいに、両親が驚いて同時に立ち上がった。

「コーネリアス様、どうぞ頭を上げてください。そのようなことをなさらなくとも、ただ命じていただければ……」

「命じたのでは、意味がないんです。私の、みんなの心からの思いをたくした、そんなドレスにしたいのですから」

顔を上げてにっこりと笑ったコーニーの姿に、両親がうっすら涙ぐみながら感嘆のため息をついていた。

「……まことにありがとうございます、コーネリアス様。娘のために、こうも心を砕いてくださるとは……」

「私たちにできることであれば、なんなりといたします。どうか娘を、このドレスをよろしくお願いいたします」

両親は深々と頭を下げてから、口々にそんなことを言っていた。その顔は、とても晴れやかなものだった。

　そうして両親は、とても朗らかな顔で退室していった。コーニーと二人きりになって、一息つく。

「ああ、間近で見ると、本当にこのドレスは素敵ですね……。ずっと気になってはいたのですが、あなたを悲しませたくなくて、見せて欲しいと言い出せなかったんです」

　コーニーは大机の上に花嫁衣裳を広げ、うっとりと眺めている。そんな彼の隣に立ち、そろそろと声をかけた。

「あの……コーネリアス、さっきの提案についてなんですが……『みんなの力を合わせて』って、どういうことなのでしょう……？」

　すると彼はこちらを向いて、とっても楽しそうに微笑んだ。

「ふふ、言葉通りの意味ですよ。このドレスに布を足して、飾りを足して……とってもにぎやかで華やかな、幸せそのもののドレスにするんです。そしてその作業を、父上たちに手伝ってもらうんです。あなたのことを大切に思うみんなに」

　先王たちに、ドレスの作り変えを手伝わせる。とんでもないにもほどのある発言に、頭が真っ白になってしまい、ろくに舌を動かせない。

「実はあなたの両親以外には、既にこの話をしています。みんな、快く承諾してくれました」

　一方のコーニーは、やけに楽しそうだった。これからのことを考えているのか、すっかりうきうきしてしまっている。

「ロザリンドはもちろん、母上と義姉上もすっかり張り切っていましたよ。三人はさっそく裁縫道具を持ち寄って、練習がてらあれこれと縫い始めました。最高のドレスにしましょうねと、とても楽しそうにお喋りしながら」

その様が自然と頭に浮かび、笑みが浮かぶ。ところがその時、コーニーの口からさらに衝撃的な言葉が飛び出した。

「父上と兄上、それにランドルフとマチルダ姉様は総出で、ハサミの使い方を練習していますよ。たくさん布を切らなくてはなりませんから」

「……先王陛下と国王陛下に、布の裁断をさせるのですか……想像しただけで、ちょっと背筋が寒く……。それとマチルダお義姉様は、縫う側ではなく切る側なんですね……」

「姉様、剣の腕は恐ろしく立つのですが、細かい作業はあまりお好きではないんです。ただ、布をばっさりと切る作業ならまだ何とかなりそうだと、やる気になっているようですね」

おっかなびっくりハサミを握るお義父様たちの姿を想像したら、今度は吹き出しそうになってしまった。さすがにそれは失礼なので、懸命にこらえる。

コーニーはそんな私を温かい目で見守っていたけれど、やがてぽつりとつぶやいた。

「……私はいつも、どれだけドレスを美しく作り上げるか、そのことをひたすらに追求していました。ですが今回は、違います」

「そうなんですか？」

意外な言葉に首をかしげて彼を見ると、彼は小さくうなずいて微笑んだ。

「ええ。作り替えられたドレスは、よく見ると針目が不ぞろいだったり、布の裁ち端が少しゆがんでいたりするでしょう。かと思えば、とても見事に仕上げられている場所もあるはずです。美しいとは言い切れないかもしれませんが、とってもにぎやかな、楽しいものになりますよ」

手芸が得意な人、多少心得のある人、そもそもハサミすらろくに扱ったことのない人。そんな人たちがよってたかって、懸命に飾りを足したドレス。それを想像したら、胸が温かくなるのを感じた。

「それらを見るたび、あなたは思い出すんです。作業をしている間のみんなの笑顔や、楽しいお喋りを。みんなで一緒に過ごした、最高に幸せな時間のことを」

ああ、本当にそうなったら、どれだけ幸せなことだろうか。ドレスに目をやって、ぎゅっと手を握りしめる。

「……ねえ、レベッカ」

と、コーニーの声音が急に変わった。どことなく緊張した、とても真剣なものに。

「そのドレスが完成したら、婚礼を挙げましょう」

弾かれたように顔を上げ、彼のほうを向く。

「正式な婚礼は、もっと先になります。婚礼の式典だけでも準備すべきことは山のようにありますし、城下町で開かれる祭りの段取りも進めなくてはなりません。それに、吉日なども考慮する必要もありますから……とにかく、王族の結婚というのは、何かと面倒なんです」

ほんのりと頬を染めて、もどかしげな少年のような表情で、彼は訴えかけてくる。

「でも私は、そんなに待てません。ですから、身内だけでこっそりと婚礼を挙げてしまいたいんです。たとえ立場は婚約者のままであっても、心だけでも一足先に夫婦になるために」

彼が語るのは、砂糖菓子のように甘い、ふわふわとした未来。

「その婚礼の場に集まるのは互いの家族と、親しい人たち。人数こそ少ないけれど、心からの祝福に満ちた式になるでしょう」

その未来を見てみたい。そんな思いで、胸がいっぱいになる。

「……とても……素敵ですね」

どうにかこうにか、それだけの言葉を絞り出した。もっとたくさん、彼に伝えたいことがあるのに、うまく言葉になってくれない。

「はい。あなたを世界一幸せな花嫁にできるように、一生懸命考えましたから。あなたからも要望があれば、ぜひ教えてくださいね」

コーニーは張り切った顔で、そう告げてくる。ああ、本当に……この人は、どれだけ私を喜ばせれば気が済むのだろう。胸がいっぱいになってしまって、じわりと涙がにじんでくる。

最初の結婚には、絶望しかなかった。ずっと涙をこらえ、懸命に耐えてきた。

けれど次の、最後の結婚は、あふれんばかりの希望に満ちたものになる。目の前で微笑んでいるこの人を少しも疑うことなく、私の全てをもって愛することができる。そのことが、ただひたすらに嬉しい。

前の不幸な結婚生活の間に、心についたたくさんの傷。その最後の一つが、ようやくかさぶたになったように感じられた。

すっと進み出て、彼の胸に飛び込む。

「……こうしてあなたと一緒にいられる、私はそれだけで幸せです」

私をしっかりと抱きしめて、コーニーが答える。

「そう言ってもらえると、私も嬉しいです。幸せ過ぎて、夢を見ているようです」

彼の腕に、力がこもった。私を支え、守ろうとしているかのように。

「どうかいつまでも、一緒に夢を見ていきましょうね、私の愛しいレベッカ」

返事代わりに微笑むと、涙が一粒、頬を転げていった。それは温かい、喜びの涙だった。

本書に対するご意見、ご感想をお寄せください。

あて先

〒162-8540 東京都新宿区東五軒町3-28
双葉社　Mノベルス f 編集部
「一ノ谷鈴先生」係／「水野かがり先生」係
もしくは monster@futabasha.co.jp まで

Mノベルス

シンデレラの姉ですが、不本意ながら王子と結婚することになりました
柚子れもん
ill. 茲助
身代わり王太子妃は離宮でスローライフを満喫する
シンデレラの姉のアデリーナ。ガラスの靴を持つ王子のプロポーズを断って、魔法使いと駆け落ちしたシンデレラの代わりに、国中が憧れる『麗しの王子』と強制的に結婚することになりました。『結婚してもお前を愛するつもりはない』と言われたけれど、問題ありません！ 愛人でも側室でもどうぞご自由に！ 私はお飾りの妃として、王宮から離れた離宮でもふもふ達とのんびりロイヤルニート生活を始めますから！ しかし、スローライフしつつ円満離婚＆慰謝料を目指すアデリーナに、冷たかった王子が興味を持ち始めたようで――!? 『小説家になろう』大人気お飾り妃のスローライフ・ラブコメディ、遂に書籍化！

ノベルス

針《はり》子《こ》の花《はな》嫁《よめ》～刺《し》繍《しゅう》をしていたら、王《おう》子《じ》様《さま》が離《はな》してくれなくなりました～

2025年3月11日　第1刷発行

著　者　一《いち》ノ《の》谷鈴《たにりん》

発行者　島野浩二

発行所　株式会社双葉社
〒162-8540　東京都新宿区東五軒町3番28号
[電話] 03-5261-4818（営業）　03-5261-4851（編集）
https://www.futabasha.co.jp/（双葉社の書籍・コミック・ムックが買えます）

印刷・製本所　三晃印刷株式会社

[電話] 03-5261-4822（製作部）
ISBN 978-4-575-24803-6 C0093